ars vivendi

Ewald, Sigrun & Helwig
Arenz

Unsere kleine Welt

Mit Illustrationen von
Tuong Vi Lu

ars vivendi

Die meisten Geschichten erschienen vorab unter dem Kolumnentitel »Unsere kleine Welt« in den *Nürnberger Nachrichten.*
Verlag und Autoren danken Steffen Radlmaier und dem Verlagshaus Nürnberger Presse für die gute Zusammenarbeit.

Originalausgabe
1. Auflage März 2016

Bauhof 1, 90556 Cadolzburg

www.arsvivendi.com
Umschlaggestaltung: FYFF, Nürnberg,
unter Verwendung
einer Illustration von Tuong Vi Lu
Satz: ars vivendi verlag
Druck: Schaper, Köln
Printed in the EU
ISBN 978-3-86913-684-4

Inhalt

Zärtliche Bande

Es war im Kaisersaal der Burg. Alle Nichtmusiker beim Empfang der ION versuchten so auszusehen, als hätte der Ministerpräsident sie persönlich eingeladen. Ich auch. Deshalb arbeitete ich mich geschickt in seine Richtung, als er zu reden begann, damit er mir zuwinken konnte, sobald er mich entdeckte. Ich hätte gerne noch konzentrierter zugehört, aber eine ausgesprochen hübsche, lockige Dame in roter Seidenbluse stand schräg vor mir. Im Gegensatz zu mir sah sie so aus, als wäre sie wirklich persönlich eingeladen worden. An ihrer Handtasche baumelte ein Notenschlüssel und ich rätselte, ob das ein geheimes Organistinnenabzeichen war, als mir so unvermittelt eine andere Dame ins Ohr flüsterte, dass ich zusammenfuhr. »Sie haben also wieder geheiratet!«, sagte die Stimme fast anklagend. Ich drehte mich zu ihr um. Wenn der Ministerpräsident die persönlich eingeladen hatte, sah ich schwarz für die Zukunft Bayerns. Sie war um die fünfzig, und ihr Outfit wies darauf hin, dass sie von Lennons Tod noch nicht erfahren hatte. »Was?«, fragte ich etwas fassungslos. »Wieso wieder verheiratet? Ich bin noch nicht einmal geschieden.« – »Die ist schon deutlich jünger als Sie?«, fuhr die Frau neugierig flüsternd fort, »aber ihre Krimis sind viel spannender!« Immerhin schien sie so viel Restsensibilität zu haben, dass sie merkte, wie sehr mich Zweifel an meinem literarischen Können trafen, und fuhr hastig fort: »Ich mag Ihre romantischen Sachen ja, aber die Krimis Ihrer Frau – wow!«

Der Ministerpräsident sprach eben von Tod und Verklärung, deshalb unterdrückte ich jede boshafte Antwort. Mir war jetzt klar, dass sie meine Schwester Katharina meinte, die aus nachvollziehbaren Gründen meinen Nachnamen trägt. Die Frau begann trotzdem, mir auf die Nerven zu gehen, denn die Organistin sah zu mir herüber und fand mich im intimen Gespräch mit einer anderen Frau, was, wie ich fand, missverstanden werden konnte. Aber die ließ nicht locker. »Und Ihr Sohn Jörg erst!«, schwärmte sie im lautesten Flüsterton, »sein erstes Buch ist richtig toll! Da müssen Sie aufpassen, dass er Sie nicht vom Sockel stößt, gell?« Jetzt reichte es! Für wie alt hielt die

mich, wenn ich der Vater meines jüngsten Bruders sein sollte? Giftig und etwas zu laut sagte ich: »Meine Frau ist meine Schwester und mein Sohn mein Bruder!« Leider hatte der Ministerpräsident in diesem Augenblick eine Kunstpause gemacht, die von mir für alle vernehmlich gefüllt worden war. Nicht nur die Frau starrte mich entsetzt an. »Krank!«, flüsterte sie dann, während sie zurückwich. »Sie sind sehr krank!«

Tatsächlich fühlte ich mich plötzlich, als hätte ich Ebola. Um mich herum bildete sich ein komplett honoratiorenfreies Vakuum, und auch die schöne Organistin war verschwunden. Ich nehme an, im nächsten Jahr werde ich zur Internationalen Orgelwoche nicht mehr eingeladen. Wenn es so weitergeht, bleibt mir irgendwann nur noch die Familie. *EA*

Fernsehgebot

Es war wirklich kein Snobismus, dass ich die Frage: »Hast du gestern *Germany's Next Topmodel* geschaut?« mit »Nein« beantwortete. Ich hätte sie auch verneint, wenn es um eine Sendung über Quantenmechanik gegangen wäre, und zwar einfach deshalb, weil mein Fernseher, seit ich umgezogen war, eher dekorative Funktionen erfüllte. Keine Ahnung, was ich falsch gemacht hatte, aber ich hatte keine Zeit, mich mit dem Problem zu beschäftigen, und überhaupt: Wer muss fernsehen, wenn er auch Deutschschulaufgaben korrigieren kann? Das ging so lange gut, bis der USA-Austausch unserer Schule vor der Tür stand. Für zwei Wochen würde Gina, Deutschlehrerin an unserer Partnerschule in Oregon, bei mir wohnen. »Sie schaut abends ganz gerne mal deutsche Serien an«, ließ mein Kollege Winnie beiläufig verlauten. Oha, dachte ich. Mein Fernseher empfing genau vier Sender, von denen einzig *RTL II* auch nur entfernt für den Konsum deutscher Fernsehserien geeignet war. Die anderen waren *N 24*, *Eurosport* und ein Verkaufssender für Haushaltswaren. (Kein Wunder, dass ich lieber korrigierte.) Nein, ehe Gina am Münchner Flughafen landete, musste etwas geschehen.

»Sie haben aber einen kleinen Fernseher«, kritisierte der TV-Techniker, als er mein Wohnzimmer betrat.

»Der ist schon größer als mein letzter«, erklärte ich halb verärgert, halb defensiv.

»Hm«, machte er. »Kabel oder Satellit?«

Nun war ich an der Reihe: »Hm«, murmelte ich unverbindlich. Ich bin ja wirklich für Emanzipation und so, aber es gibt Fragen, die muss eine Frau nicht beantworten können, finde ich. »Wo haben Sie denn diesen absurden Receiver her?«, wollte der Mann wissen, während er sich vor meinem Fernseher niederließ. »Der kann doch gar nicht funktionieren.« Ich druckste herum.

Schweigen. Mann kniet vor Maschine. Frau steht daneben und fühlt sich irgendwie unzulänglich.

»Haben Sie schon mal den Sendersuchlauf beim Fernseher durchgeführt?« Seine Stimme ließ erkennen, dass Frau sich nicht nur unzulänglich *fühlte*. Ich entschied, dass ich keine Würde mehr

zu verlieren hatte, machte einen auf blond und lächelte süß: »Sendersuchlauf? Wie geht denn das? Ist das schwierig? Können Sie das für mich durchführen?«

»Klar. Das sind dann zwanzig Euro.«

Ich weiß nicht, ob Fernsehen dumm macht, aber es hat mich dumm dastehen lassen, was noch viel schlimmer ist. Deshalb konnte ich mir ein kleines, schadenfrohes Lächeln nicht verkneifen, als der Mann zwei Wochen später in meiner Sprechstunde in der Schule auftauchte.

»Was kann man denn da jetzt machen mit dem Jungen?«, wollte er wissen. »So kann das ja nicht weitergehen.«

»Weniger Ablenkung, mehr lesen.«

Er seufzte. »Das ist nicht so einfach. Der hängt doch die ganze Zeit am Handy oder vorm Fernseher. Den kriegt man da kaum weg.« Jetzt tat er mir fast ein bisschen leid.

»Wissen Sie was?«, schlug ich ihm freundlich vor. »Ich könnte ja bei Ihnen vorbeikommen und Ihren Fernseher richten. Wenn ich mit dem Sendersuchlauf durch bin, findet er nie wieder ein Programm, das er sehen möchte.« *SA*

Umzug im Familienkreis

Wir standen in meiner neuen Wohnung, mein Bruder Heinrich, meine Schwester Katharina und ich.

»Und, wie findet ihr es?«, fragte ich begeistert.
»Naja«, sagte Katharina zweifelnd, »wenn du es gestrichen hast, wird es bestimmt ganz wohnlich!«

»Was ist das da unter den Dielen?«, wollte Heinrich wissen und kniete sich auf den Boden. »Sind das Mäuse?«

»Ach, Quatsch!«, winkte ich großzügig ab und zog ihn auf die Füße. »Wisst ihr, was ich mir gedacht habe? Wir machen uns einen schönen gemeinsamen Vormittag und streichen hier die Wände!«, sagte ich. Irgendwie steckte sie mein Enthusiasmus nicht an.

»Aber ich dachte, wir machen mal was gemeinsam!«, versuchte ich es mit übertriebener Fröhlichkeit. »Deswegen bin ich doch hergezogen. Wir drei. Familie!«

»Nun ja«, berichtigte mich Katharina. »Das stimmt nicht ganz. Du bist hergezogen, weil du deinen Job verloren hast.«

»Und weil du es von hier nicht so weit zu uns zum Essen hast«, ergänzte mein Bruder.

»Gut«, gab ich kleinlaut nach. »Helft ihr mir noch schnell meine Sachen hochzutragen?«

»Okay, fangen wir schon mal an«, seufzte Heinrich und sah auf die Uhr. »Aber ich hab um drei Lehrerkonferenz. Wann kommen denn die anderen?«

»Hm«, machte ich und sah zu Boden. »Was meinst du mit ›die anderen‹?«

»Warum ist es immer der vierte Stock?«, fragte mich Heinrich eine Viertelstunde später stöhnend und setzte die Kiste mit meinen Büchern ab. »Warum ist es der vierte Umzug in drei Jahren?«, fauchte Katharina, die einen hartnäckigen Fleck vom Boden kratzte.

»Was wollt ihr!«, rief ich. »Ich bin Schauspieler, da muss man oft umziehen. Kommt, noch schnell die Möbel!« Und schon war ich wieder unten beim Lastwagen.

»Andere Schauspieler ziehen mit einem großen Koffer um«, nörgelte Heinrich und wuchtete das Sofa die Treppen hinauf.

»Aber wie kriegst du das Sofa in den Koffer?«, konterte ich und ermahnte ihn: »Sei bitte vorsichtig! Der Bezug ist empfindlich!«

Am Abend sanken die beiden erschöpft auf das große, weiche Sofa. »Wollt ihr was trinken?«, fragte ich. Sie nickten müde. Ich ging in die Küche. »Ich glaube, das Leitungswasser ist okay«, rief ich.

Als wir dann beisammensaßen, seufzte ich erleichtert. »Danke, Leute«, sagte ich. »Übrigens, Heinrich, was den Koffer für die Umzüge angeht, hast du eigentlich recht. Aber wisst ihr was?«, fügte ich hinzu. »Manchmal sind große Geschwister genauso gut wie ein großer Koffer.« *HA*

Familie im Schlepptau

Mein Handy klingelte, als ich eben unter die Dusche gehen wollte. Es war mein Bruder Jörg. Er hat ein fast unheimliches Gespür dafür, mich in den unpassendsten Situationen anzurufen. Deswegen nahm ich jetzt das Handy nur zögernd auf. »Wie lange kann ich die rote Batterieleuchte ignorieren?«, fragte er mich ohne Gruß und offenbar aus dem Auto heraus. »Und außerdem dampft es aus dem Motorraum.«

Obwohl ich nackt im kühlen Bad stand, wurde

mir warm. »Wie lang leuchtet das Ding schon?«, fragte ich alarmiert. Es stellte sich heraus, dass Jörg die Leuchte bereits beim Losfahren in Nürnberg unbeachtet gelassen und gehofft hatte, dass sich der Fehler bis Bregenz geben würde, wo er seine Tochter abholen wollte. »Halt sofort an!«, befahl ich, »egal wo!« Ich hörte Jörg entsetzliche Flüche ausstoßen, die wohl damit zusammenhingen, dass er wegen des Dampfs die vor ihm einscherenden Laster nicht erkennen konnte. »Ich schaff's bis Feuchtwangen!«, keuchte er dann, »da kannst du mich holen kommen.« Die Verbindung brach ab. Eine weitere Konstante im Leben Jörgs ist der leere Akku seines Handys in jedem Notfall. Resigniert und ungeduscht zog ich mich an.

Zwei Stunden später fand ich im vierten Café am Feuchtwangener Marktplatz endlich meinen Bruder, der vergnügt ein zweites Frühstück einnahm. Ich stand einigermaßen verblüfft vor seinem Tisch und sah in die Runde: »Es wäre hilfreich gewesen«, sagte ich müde, »wenn du mir gesagt hättest, dass ich mit einem Reisebus kom-

men soll.« Bei Jörg saßen nicht nur meine Nichte mit ihrer Mutter und deren Freund, sondern auch meine Schwester Katharina sowie zwei meiner Cousins, die sich anscheinend spontan materialisiert hatten. »Hab ich vergessen!«, winkte Jörg mit vollem Mund großzügig ab, »willst du einen Kaffee?« »Nein«, antwortete ich düster, »ich will eine neue Familie.«

Zwanzig Minuten später kroch ich unter meinem Auto hervor und putzte meine Hände an meinem Hemd ab. Eine Dusche brauchte ich mehr denn je. »Das hält nie!«, zweifelte Jörg. »Hättest du mir gesagt, dass du kein Abschleppseil dabei hast!«, herrschte ich ihn an, aber ich war auch nervös. Wir hatten nämlich stattdessen meinen Spanngurt genommen. Dann verteilten wir uns auf Jörgs und mein Auto. Katharina hatte das Fahrrad meiner Nichte Klara auf dem Schoß. Es wurde eine der schlimmsten Touren, die ich durch das schöne Frankenland je gemacht habe. Alle waren überlastet: Jörg und ich, der Motor meines Wagens und der Spanngurt. Als wir in Secken-

dorf auf den Hof der Werkstatt einbogen, holperte Jörgs überladenes Auto über den Bordstein, der Gurt riss, und der Verschluss knallte auf meine Kühlerhaube, an meinem Armaturenbrett leuchtete eine rote Lampe auf, und der Motor ging aus.

Eine Stunde später wanderten wir alle acht die sieben Kilometer zu mir nach Hause trotz des sonnigen Wetters in tiefem, erbittertem Schweigen. Nur Klara fuhr fröhlich pfeifend auf ihrem Fahrrad voran. Es mag ein wenig abergläubisch sein, aber seither schalte ich mein Handy vor dem Duschen aus. *EA*

Kleine Geschenke

Hast du in letzter Zeit jemanden beleidigt?«, wollte mein Bruder wissen, »oder ist das eine verpatzte Lieferung von Amazon?« Er starrte die durchsichtige Tüte an, die ich gerade aus meinem Briefkasten geholt hatte. Ich starrte ebenfalls. »Irgendjemand hasst mich«, murmelte ich beunruhigt.

»Du wohnst eigentlich noch nicht lange genug wieder in Fürth, um der hiesigen Mafia in die Quere gekommen zu sein«, sinnierte Jörg. Wir waren uns in der Stadt über den Weg gelaufen, und sobald er erfahren hatte, dass ich Flammku-

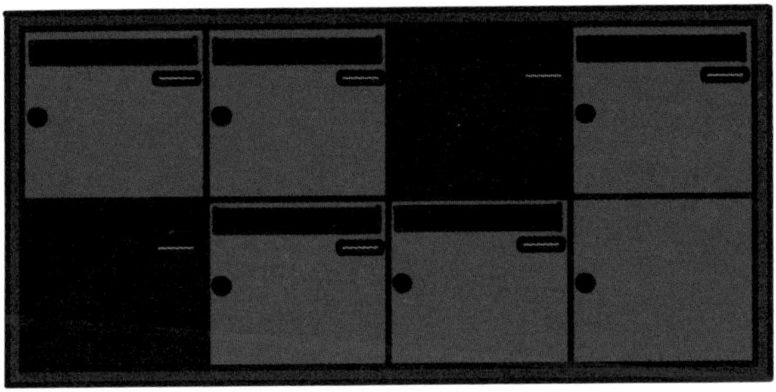

chen backen wollte, hatte er sich mir an die Fersen geheftet.

Mir allerdings war beim Öffnen des Briefkastens jäh der Appetit vergangen.

Ich hielt die Tüte, die ein Stück rohes, grob zerteiltes, noch blutiges Fleisch enthielt, auf Armeslänge entfernt. »Das ist doch absurd«, protestierte ich. »Das gibt es nur in Krimis, dass jemand seine Feinde mit Leichenteilen bedroht … Mal abgesehen davon, dass ich überhaupt keine Feinde habe …« Ich verstummte, denn in meiner Verunsicherung fielen mir natürlich sofort eine ganze Reihe von Menschen ein, denen ich in der letzten Zeit auf die Zehen getreten war. Da war der Verriss gewesen, den ich kürzlich geschrieben hatte. »Du hast dir auf elegante Weise einen Feind gemacht«, hatte mein Bruder Heinrich mir am nächsten Tag getextet. Der Oberstufenschüler, der sich wegen einer Note mit mir herumgestritten hatte, wirkte zwar nicht wie ein Psychopath, aber man konnte ja nie wissen. Und da war die neue Kollegin, die sich um dieselbe Position beworben hatte wie ich. Sie hatte natürlich gesagt, dass sie das Ganze nicht als Konkurrenzsituation sah …

»Okay, beruhig dich«, riet Jörg, als er meinen Gesichtsausdruck bemerkte. »War doch bloß Spaß.« So ganz überzeugt wirkte er selber nicht, aber er nahm mir die Tüte mit einer Grimasse ab und verstaute sie in seinem alten Armeerucksack. »Gehen wir zurück in die Stadt und entsorgen sie unauffällig irgendwo«, schlug er vor. »Sicher ist sicher.«

Am nächsten Morgen traf ich früh im Lehrerzimmer auf meinen Kollegen Erich, der gerade dabei war, Kaffee zu kochen. »Ich hoffe, du hast etwas Schönes daraus gemacht«, strahlte er, als er mich sah. Meine Verwirrung musste mir anzusehen sein, denn er fuhr fort: »Frische Rehleber, eine echte Delikatesse, erst gestern morgen im Wald geschossen. Ich habe gedacht, du freust dich.«

»Oh ja, klar«, stimmte ich etwas zu eifrig zu und verbannte die Erinnerung an den Weiher im Stadtpark, wo Jörg und ich die Fische gefüttert hatten, entschlossen aus meinem Gedächtnis. Die Tupperwarenschüssel mit den veganen Minipizzen, die ich eigentlich für die Kollegen gebacken hatte, schob ich unauffällig wieder in meine Tasche zurück. Manchmal sind kleine Geschenke einfach nur eine Frage des richtigen Zeitpunkts. *SA*

Kleider machen Leute

Es war Samstag, ich stand in der Schlange vor dem Kundenservice der VAG, die bis weit hinaus in den Bahnhof reichte. Die Stimmung war angeheizt, und was immer vorne an den Schaltern geschah, es ging viel zu langsam. Immerhin war ich schon bis zu dem Schild *Wenn bargeldlos, dann VAG* vorgerückt.

»Man kann sich auch Schöneres vorstellen, als kurz vor Schluss noch so viele Kunden abfertigen zu müssen«, begann ich ein Gespräch mit dem hübschen Mädchen vor mir. Sie hatte lange Rastazöpfe und einen Hund an der Leine.

»Die verfluchten Schweine sollen in der Hölle brennen!«, antwortete sie mir und drehte sich wieder weg. Die Zeit verging langsam, aber irgendwann war ich doch dran. Ich nannte die Zone meiner Monatskarte und wartete ungefähr zehn Minuten, bis der Mann mir den Preis ausgerechnet hatte, den ich sowieso jeden Monat zahlte.

»Mit Karte bitte«, sagte ich und zückte meine Geldbörse.

»Nix Karte! BAR!«, belehrte mich der Angestellte.

»Aber«, sagte ich zaghaft und wies nach hinten, »auf dem Schild da steht: *Wenn bargeldlos …*«

»Vorher anmelden, wenn Sie elektronisch zahlen wollen!«, wies er mich zurecht. Mehr mit dem Fahrrad fahren, dachte ich nur und atmete ruhig aus. Die Monatskarte konnte ich dann doch noch bezahlen, da mir die Frau mit dem Hund Geld lieh. Sie war geblieben, um die Szene mit ihrem Handy zu filmen. Genau! Wie im Film, dachte ich. Und da kam mir die Idee.

»Hier sind die bestellten Uniformen!«, begrüßte ich am Montag darauf den VAG-Mann am Schalter.

»Was für Uniformen?«, blaffte er mich verständnislos an. Also reichte ich ihm die sorgsam gefälschte Dienstanweisung. *Zusatz zur Kleiderordnung* hatte ich sie überschrieben.

»Das ist korrekt!«, sagte der Mann nach kurzer Prüfung und nahm das Paket mit den historischen Kostümen in Empfang. Er und seine Kollegen begannen sofort, sich umzuziehen.

Ein paar eben zum Dienst angetretene Kontrolleure ebenfalls. Sie rückten ihre neuen Helme zurecht und machten sich fröhlich auf den Weg in Richtung Bahnsteig.

Ich lächelte: Aussehen und Umgangsformen der Mitarbeiter der VAG würden nun endlich homogen sein. Willkommen in der Kaiserzeit!

»Ihr Schnurrbart«, schmeichelte ich dem Mann am Schalter noch, »wird sich vortrefflich mit dem roten Kragen und den goldenen Litzen machen! Sie sehen aus wie ein strammer Leutnant.«

Im Hinausgehen zwinkerte ich der Frau mit dem Hund zu, die auch heute gekommen war, um ein VAG-Imagevideo für Youtube aufzunehmen. *HA*

Der Meister ruft

Wir standen an der Ampel. »Fahr!«, rief mein Bruder Jörg hektisch, »fahr doch!«

»Es ist Rot«, antwortete ich mit zusammengebissenen Zähnen. »Ja, aber die Kreuzung ist leer«, schrie Jörg nun fast, »willst du für hundertachtzig weinende Kinder verantwortlich sein?«

»Unsere Mutter«, antwortete ich wütend, »mag sechs Kinder haben, aber ich werde ihr auf keinen Fall zwei ihrer Söhne in einem komplett unnötigen Verkehrsmassaker rauben, bloß weil du nie an dein Handy gehst.«

Die Ampel sprang auf Gelb. Ich rammte den Gang hinein und trat aufs Gas. Wir fuhren den Ring entlang. Jörg sah panisch auf die Uhr. »Der Vorhang hebt sich in vier Minuten und enthüllt die Mühle im Koselbruch. Du bist vielleicht schon zu alt, um dich an das Buch zu erinnern, aber es heißt *Krabat*, weil eine Figur namens Krabat für den Fortgang der Erzählung unumgänglich ist. Manche Kinder werden enttäuscht sein, wenn Krabat in dem Stück gar nicht mitspielt!«

Ich nahm die Kurve am Laufer Tor mit quietschenden Reifen. »Wenn Krabat sein magisches Handy angemacht hätte, wäre er auch rechtzeitig abgeholt worden!«, schrie ich hitzig. »Wie kann ich wissen, dass du nicht zu Hause, sondern bei Elisabeth bist?«

»Hast du dich bei deinen Kollegen mit Demenz angesteckt?«, schrie jetzt auch Jörg. »Ich hab's dir gestern noch gesagt! Und fahr nicht so ruckelig, ich muss mich schminken!«

Ich hätte in diesem Augenblick nur allzu gerne eine Vollbremsung hingelegt, aber Jörg zog sich gerade die Lider mit Kajal nach, und ein blinder Bruder wäre wahrscheinlich noch anstrengender als einer, der nie an sein Handy geht. Wir rauschten in die Einfahrt, die Beifahrertür flog auf. Jörg raste die Freitreppe auf Socken hoch und knöpfte im Rennen sein Hemd auf, das er achtlos hinter sich warf. Ich hastete hinter ihm her, seine Schuhe und seine Jacke in der Hand. Das Foyer war schon leer. Oben schlossen sich eben die Türen zum Zuschauerraum. Jörg riss der verzweifelten Kostümbildnerin das Leinenhemd aus der Hand, warf es über und sprintete hinter die Bühne. Ich schlich mich völlig außer Atem in die oberste Reihe, während die Szene sich erhellte und mein Bruder sichtbar wurde, der in seiner braunen Cordhose und einem Leinenhemd ziemlich erschöpft durch den Koselbruch irrte. Und dann, kurz bevor die Musik einsetzte, klingelte, laut und deutlich, Jörgs Handy in seiner Tasche. Einen Moment erstarrte alles, aber dann klang aus dem Fenster hinter dem Mühlrad die geistesgegenwärtige Stimme des Meisters: »Krabat! Komm in die Mühle! Der Meister ruft!«

Jörgs Kollegin erzählte mir später, dass es in zwei Jahren das erste Mal Szenenapplaus an dieser Stelle gegeben hatte. *EA*

Kleine Lügen

Meine Freundin – nennen wir sie Lisa, sie will ihren Namen nicht gedruckt sehen – führt ein Doppelleben. Sie hat das nie gewollt, sagt sie; das sagen wahrscheinlich auch alle anderen in vergleichbarer Lage.

»Kann ich ihm erzählen, dass ich mit dir in der Stadt war?«, fragt sie mich. »Wenn ich wieder sage, dass ich meine Tante im Krankenhaus besuche, wird sogar er irgendwann misstrauisch.« Wie man sieht, hat die Notwendigkeit, ihrem Freund – nennen wir ihn Karl – den nicht Karl-kompatiblen Teil ihres Lebens zu verschweigen, gewisse Spuren bei Lisa hinterlassen und sie kann manchmal einfach nicht ganz so ehrlich sein, wie sie es gerne wäre. Wie mein Bruder zu sagen pflegt: Wo die Liebe hinfällt, wächst kein Gras mehr. All diese

Cafébesuche, Shopping Trips und Nachmittage im Fitnessstudio mit Lisa in den letzten Monaten! In Wirklichkeit verbringt sie jede Woche mehrere Stunden mit dem ANDEREN, von dem Karl nichts wissen darf.

»Warum eigentlich die ganze Farce?«, frage ich sie zum wiederholten Male. »Einen netten, vernünftigen, gut aussehenden Typen wie Karl lügt man doch nicht an!«

Lisa verdreht die Augen. »Gerade einen Mann wie Karl lügt man an«, widerspricht sie. Sie will ihn behalten, so einfach ist das, aber sie will auch den ANDEREN nicht aufgeben. Ich kann das ein bisschen verstehen: Lisa wirkt unheimlich zufrieden, wenn sie von dem ANDEREN kommt. Es wundert mich eigentlich, dass Karl keinen Verdacht schöpft, denn so viel Spaß machen Verwandtenbesuche und Stunden auf dem Crosstrainer auch wieder nicht. Aber offensichtlich hat Karl keine argwöhnische Natur. Er ist überhaupt, wenn man Lisa glaubt, ein Volltreffer – bis auf die Sache mit dem ANDEREN eben. Die würde er wohl nicht sehr entspannt sehen.

Einmal habe ich vorsichtig angeregt, sie müsse sich vielleicht doch irgendwann zwischen den beiden entscheiden, doch das ist nicht gut angekommen. Typische Männermoral sei das, von einer Frau zu erwarten, dass sie sich immer nur mit einem abgibt und alle anderen Freundschaften vernachlässigt, um sich ganz dem einen zu widmen.

»Na ja, aber wir reden ja hier nicht direkt von Freundschaften«, wende ich ein. Ich meine, Lisa kauft für den ANDEREN Fleisch ein! Wenn Karl in ihrer Pfanne hingegen mal ein Steak brät, muss er diese eine halbe Stunde lang abwaschen, bevor sie bereit ist, sie wieder zu benutzen. Überhaupt ist sie mit IHM ein anderer Mensch. Sie geht wandern, fährt Fahrrad, lässt sich zu Ballspielen überreden und jammert nicht einmal, wenn das Wetter schlecht ist. Dann kommt sie zurück, tauscht heimlich die speckigen Turnschuhe gegen elegante Ballerinas, macht sich schön und geht mit Karl ins Theater. Manchmal sitzen sie auch einfach nur auf dem Sofa und erzählen sich von ihrem Tag, und da ist Lisa dann öfter mal wieder nicht so ehrlich, wie sie es gerne wäre. »Wenigstens muss ich nur einen der beiden anlügen«, seufzt sie und krault das dichte, blonde Fell von Herkules, dem es egal ist, dass Lisa noch einen anderen hat, solange sie genug Zeit mit ihm verbringt. »Dass ich mal mit einem Hundehasser enden würde …«, murmelt sie kopfschüttelnd, aber so ist das mit der Liebe. Radfahren geht sie mit Karl jedoch nicht, ihr reichen die Touren mit dem unermüdlichen Herkules. So ein Doppelleben hat eben seinen Preis. Aber genug von Lisa und ihren kleinen Lügen. Ich muss jetzt dringend mal wieder meine Eltern besuchen und danach vielleicht noch ins Fitnessstudio. *SA*

Rock im Rachepark

In manchen Familien redet niemand mehr miteinander. Das hört sich schlimm an, ist es aber vielleicht nicht. Ich stelle mir das manchmal schön vor. Zum Beispiel an Weihnachten! Man sieht, wie die anderen ihre Lippen bewegen, aber man hört nichts. Wunderbar. In anderen Familien machen sie Therapien. In unserer Familie ist es anders. Es ist nicht effektiv und auch nicht immer billiger, aber immerhin ist es das Resultat einer natürlichen Entwicklung. Wir haben eine Kultur der Rache. »Hat Heinrich jetzt nicht irgendwann Geburtstag?«, fragte ich meine Schwester Katharina. Sie zuckte die Schultern. »Kann sein. Aber ich bin nicht verpflichtet, mich daran zu erinnern. Er hat mir letztes Weihnachten ein Deutschbuch für die neunte Klasse Gymnasium geschenkt.«

»Immerhin hat er sich Gedanken gemacht, du bist ja schließlich Lehrerin«, verteidigte ich unseren Bruder. Katharina zog eine Augenbraue hoch. »Hast du nicht seinetwegen mal fast einen Auftritt als Krabat verpasst?«

»Ach, wenn wir anfangen, aufzurechnen«, begann ich seufzend, aber dann hatte ich plötzlich eine Idee! Das Ticket war richtig teuer, aber das war es uns wert. Rock im Park 2015. Wir manipulierten die Karte nur oberflächlich, das sollte für Heinrich reichen.

»Wow! Eine Eintrittskarte fürs Klassik Open Air!«, sagte unser Bruder erfreut, dann stutzte er: »Ist das nicht immer umsonst?«

»Nein«, log Katharina, »dieses Jahr nicht, weil Sir Neville Marriner die Acts moderiert. Deshalb haben sie es auch vorverlegt.«

Heinrich war begeistert. »Das freut mich total!« Wir packten ihm das Zelt, Klopapier und ein paar Plastikflaschen mit Bier in eine große Tasche und fuhren ihn raus zum Dutzendteich. »Ein ganz junges Publikum dieses Jahr!«, rief er erstaunt aus und stellte sich in die Schlange. Am Anfang sahen wir ihn noch in Anzug und Hut übers Gelände spazieren. Er fragte nach dem Familienkonzert. Später trafen wir ihn am Zaun, er sah gehetzt aus, und sein Hemd war zerrissen. »Gefällt es dir?«, flötete Katharina scheinheilig, aber er brüllte zurück: »Könnt ihr lauter reden bitte? Ich sehe, wie sich eure Lippen bewegen, aber ich höre nichts!« Dann war er weg. Er brachte eine Gruppe seiner ehemaligen Schüler auf Vordermann. Sie trampelten gemeinsam Zelte nieder, bewarfen junge Mädchen mit Müll und drangen dann in den Backstagebereich vor, wo Heinrich mit Mikkey Dee von *Motörhead* Kleider getauscht haben soll. Am Montagmorgen zogen wir ihn aus einer Pfütze aus Bier und Urin und brachten ihn nach Hause. »Das war toll!«, rief er erschöpft. »Komm«, sagte Katharina, »du musst in die Schule.«

»Hat ja wunderbar funktioniert«, freute ich mich, »lass uns gleich schauen, wer als Nächster Geburtstag hat!« Vor dem Kalender wurde ich blass. Als Nächster war ich an der Reihe. Katharinas Lächeln gefiel mir gar nicht. *HA*

Happy Mother's Day

Ich kam von einer Lesereise zurück, der Zug hatte Verspätung gehabt, es ging bereits gegen Abend, und deshalb war es nicht mein üblicher Blumenladen, den ich betrat, um mich für den morgigen Muttertag mit einem Strauß zu versorgen. Ich war deshalb etwas desorientiert, als ich versuchte, das Personal zu entdecken. Mein üblicher Blumenladen verkauft in erster Linie Blumen. Das Geschäft, das ich eben betreten hatte, war dagegen eher so etwas wie ein Playmobil Funpark für Floristen. Der Eventcharakter stand ganz eindeutig im Vordergrund. Es gab handgeschnitzte Steine in allen Größen und Formen, vom niedlichen Herzkiesel als Handschmeichler bis hin zum beeindruckenden Granitgrabstein von zwei Meter zwanzig mit eingebauter ewiger Quelle. Auf beiden stand übrigens »In ewiger Liebe«, was

ich fast schon philosophisch fand. Was ich weiterhin nicht fand, waren Verkäufer. Es gab einen Dschungel aus Farnen, die rund um einen künstlichen Bachlauf wucherten, der von dem Grabstein gespeist wurde. In ihm lauerten zwei Keramikkrokodile. In Lebensgröße. Aus hinter Efeu versteckten Lautsprechern perlte Pop. Wenn Musik eine Farbe oder einen Geschmack hätte, wäre es in beiden Fällen Bonbon gewesen. »Hallo?«, rief ich unsicher in ein Bambuswäldchen, in dem ein paar Plüschtiger, Plüschpanther und Plüschluchse lauerten. Auch die in Lebensgröße. Ich begann mich zu fragen, ob ich Mama vielleicht einfach etwas Schokolade kaufen sollte, aber da schallte es gut gelaunt »Hey, hey, hey!« von unten. Ich schrak so zusammen, dass ich fast ins Wasser gefallen wäre. Der Verkäufer war aufgetaucht. Im wahrsten Sinne des Wortes. Er lag auf dem Bauch im Bach und wand sich aus dem weit geöffneten Rachen des Keramikkrokodils. »Willkommen im Flora Event und Happening. Was kann ich für Sie tun an diesem wunderschönen Abend?«, jodelte er vergnügt. Es schien ihm nichts auszumachen, dass er triefnass war. »Macht es Ihnen nichts aus, dass Sie triefnass sind?«, fragte ich. Der Verkäufer war dem Krokodil endgültig entstiegen und streckte mir eine triefnasse Hand hin. »Kein Gedanke!«, rief er womöglich mit einem noch strahlenderen Lächeln, das mich irgendwie an Fukushima erinnerte, »für unsere Kunden tun wir alles!« Ich ignorierte die Hand und war jetzt doch ein bisschen verblüfft. »Sie haben Kunden, die gerne sehen, wie Sie gefressen werden? Und was machen Sie mit Kunden, die eine erotische Massage wollen?«

»Sie wollen eine Massage?«, jubelte der Verkäufer, »das machen wir auch. Auf einem Rosenbett. Und die können Sie sogar verschenken. Mit Fleurop. Online. Eine Stunde später steht einer von uns vor der Tür Ihrer Liebsten mit zweihundertfünfzig Rosen und Rosenöl. Nur vierhundert Euro.« Ich versuchte mir vorzustellen, wie meine sehr energische Mutter morgen früh um halb zehn auf einen jungen Mann mit zweihundertfünfzig Rosen vor ihrer Tür reagieren würde, der sie massieren wollte, und verwarf das Angebot leise schaudernd. »Ich nehme einen einfachen Muttertagsstrauß«, sagte ich fest, »so um die zwanzig Euro. Es können gerne Rosen sein.« Das Lächeln des Mannes erlosch. Dann stahl sich ein mitleidiger Zug in seine Miene. »Ach so«, sagte er voller Mitgefühl, »ich verstehe. Adoptiert, nicht wahr? Wissen Sie was? Nehmen Sie die Kaktuslandschaft mit Hyänen für hundertvierzig. Damit ist wirklich alles gesagt. Eine ganz zarte Rache!« – »Ich …«, versuchte ich zu widersprechen, aber sogar die Plüschluchse sahen mich mitleidig an, und da gab ich auf und floh. Doch als ich abends meine fünf Geschwister anrief und sich herausstellte, dass keiner Blumen hatte, reichte es mir, und wir verabredeten uns für Mitternacht im Stadtpark. Als unsere Mutter am nächsten Tag auf unser Klingeln aus dem Haus trat und ich »Jetzt!« schrie, regnete ein bunter, nicht enden wollender Wasserfall aus gestohlenen Narzissen, Tulpen, Vergissmeinnicht und Gänseblümchen aus drei gelben Säcken auf sie herab. Event können wir nämlich auch. *EA*

Reisen bildet …

Meine Eltern haben insgesamt sieben Enkel, die nicht sehr gleichmäßig auf uns Geschwister verteilt sind. Heinrich hat zum Beispiel drei Kinder, ich keines. Somit hat mein Bruder wahrscheinlich mehr für die Gesellschaft getan als ich, aber dafür kann ich verreisen, wann es mir passt, ohne mir Gedanken über irgendwelche Blagen machen zu müssen.

Heinrich hatte mich zum Nürnberger Flughafen gefahren und begleitete mich zum Abflug. Hinter uns driftete sein Sohn Otto, die Nase in seinem Fünfhundert-Seiten-Wälzer vergraben. Heinrich umarmte mich: »Viel Spaß in Schottland, Schwester!«

Ich nahm Otto das Buch weg und verstaute es in meiner Handtasche. »Du kannst im Flugzeug weiterlesen«, sagte ich zu ihm.

Otto las im Flugzeug. Er las im Zug von Edinburgh nach Norden, und er las im Bus von Leuchars nach St Andrews, wo ich seinerzeit mein Auslandsstudienjahr verbracht hatte. Als wir allerdings nach einem kurzen Abstecher zur Jugendherberge am Strand standen – vor uns rollten die Wellen heran, über uns ragten die zerbrochenen Mauern der Burgruine in den Himmel –, blickte er auf, schaute sich um und sagte lapidar: »Schön.« Und ich wusste plötzlich, dass es kein Fehler gewesen war, meinen elfjährigen Neffen nach Schottland mitzunehmen. Und er würde so viel lernen! Reisen bildet, vor allem, wenn man dabei Englisch reden muss und sich an einem so historischen Ort aufhält wie diesem.

»Und, was wollen wir heute als Erstes machen?«, fragte ich Otto am nächsten Morgen nach dem Frühstück. Er blickte von seinem Buch auf: »Gehen wir zum Pier und lesen am Strand.« Ein Kind nach meinem eigenen Herzen! Ich hatte schon gefürchtet, ich würde irgendetwas Kindgerechtes mit ihm anfangen müssen! Am Abend trafen wir uns bei meinem alten Studienfreund Martin und spielten *Siedler von Catan*, mit dem

Resultat, dass Otto jetzt auf Englisch Schafe und Lehm kaufen und seine Mitspieler als stinkende, eifersüchtige Quallen bezeichnen kann – was auf Englisch natürlich viel besser klingt. Wir nahmen Martin am nächsten Tag auf unseren Ausflug nach Edinburgh mit, bestiegen Arthur's Seat, den Hügel hinter der Stadt, und hatten Lunch in einem netten kleinen Lokal. »Du musst *Irn Bru* probieren«, erklärte Martin Otto, bevor die Kellnerin kam. »Es ist ein schottischer Nationaldrink. Weißt du, warum er so orange ist? Weil er aus alten, rostigen Brückenstreben gemacht wird.« Martin ist Engländer, und obwohl er in Schottland lebt, muss er sich gelegentlich über seine Nachbarn lustig machen. Er hatte Ottos Frage nach William Wallace, dem schottischen Freiheitskämpfer, auch auf typisch englische Weise beantwortet: »Das war ein ganz böser Mann, der sich einfach nicht von den Engländern helfen lassen wollte«, hatte er erklärt. Otto trank sein *Irn Bru*, aber er runzelte die Stirn: »Das glaube ich nicht mit den rostigen Brückenpfeilern«, meinte er. Martin winkte die Kellnerin heran. »Woraus wird *Irn Bru* gemacht?«, fragte er sie mit einem Zwinkern in den Augen.

»Oh, natürlich aus rostigen Brückenpfeilern, das gibt Kraft«, antwortete sie. Otto ließ sich das durch den Kopf gehen, bis wir schließlich in einem Souvenirladen voll schottischem Schnickschnack standen: Salzstreuer mit der schottischen Distel darauf, Statuen schottischer Kämpfer, kleine Dudelsäcke … Gerade, als der Verkäufer, der einen Kilt trug, auf Hörweite herangekommen war, wandte sich Otto an Martin und sagte mit klarer Stimme in schönstem Englisch: »You are a bad, bad man, just like William Wallace!«

An der Ankunft des Nürnberger Flughafens erwarteten uns Heinrich, Philly und Theo, der seinen kleinen Bruder umarmte. »Na, Bub?«, fragte er zufrieden. »Hast du viel gelernt?«

»Ich habe *Irn Bru* getrunken«, verkündete Otto. Theo nickte ernsthaft. »Das wird aus rostigen Brückenpfeilern gemacht, hast du das gewusst?«

Otto sah ihn skeptisch an, dann holte er sein Buch aus dem Rucksack und begann zu lesen. *SA*

Immer schön cool bleiben

Wir saßen in Gostenhof in einem Szenelokal. Szenelokale erkenne ich meist daran, dass alle Gäste anders angezogen sind als ich und mich anstarren. Um mich davor zu schützen, hatte ich diesmal meinen coolen Freund Torsten und meine Freundin Elisabeth dabei. Die wird zwar auch immer angestarrt, wenn wir in ein Szenelokal kommen, aber ich glaube, das liegt nur zum Teil an ihrem Style.

Wir bestellten Mate und Bier und begannen uns zu streiten, wer von uns am meisten wie ein Hipster aussähe. »DU hast eine rosa i-Phone-Hülle mit kleinen Ärmchen dran!«

»Dafür trägst DU Hosenträger!«

»DEINE Leopardenleggins sind ja wohl das Oberhipsterartefakt!«

Während wir ein wenig über das tolle neue Wort »Oberhipsterartefakt« redeten, wurden die Leute am Nebentisch auf uns aufmerksam, weil wir ihre Kultur verhöhnten. Sie hörten auf, Schallplatten zu tauschen, und nahmen bedrohlich ihre Wollmützen ab. Sie wollten sich die Ärmel ihrer karierten Hemden hochkrempeln, aber das ging nicht, weil die schon alle hochgekrempelt waren. Die Irritation über dieses kleine Handicap nutzten wir, um uns aus dem Staub zu machen. Wir zahlten und gingen mit einem schlechten Gewissen wegen unserer oberflächlichen Feindbildkultur und eindimensionalen Individualisten-Arroganz. Draußen fühlten wir das starke Bedürfnis nach Authentizität und schlenderten zur Gostenhofer Kirchweih. Dort gab es Bratwurst, Filterkaffee und Fischbrötchen, alles in bodenständiger Qualität und ohne Bio. Mein Freund Torsten und ich schossen an einem Stand Plastikrosen und schenkten sie meiner Freundin. Durch den sportlichen Erfolg fühlten wir uns so männlich, dass wir nur noch breitbeinig gehen konnten. Wir nahmen Elisabeth in die Mitte, um sie vor geilen Blicken zu beschützen, redeten über Fußball und Bier und brauchten die ganze Breite des Weges. Das ging nur so lange gut, bis uns eine Reihe muskelbepackter Kerle entgegenkam. Die drängten uns weg, weil sie nicht erkannten, dass wir doch jetzt auch Proleten waren. Nur Elisabeth ließen sie als ihresgleichen durchgehen, das lag wieder an den Leopardenleggins. Wir waren niedergeschlagen und wussten nicht mehr, wohin wir gehörten. Alles schien grau. Uns fiel auf, dass die Plastikrosen von so unglaublich minderwertiger Qualität waren, dass wir entschieden: Die können wir nur mit heimnehmen, wenn wir dazu eine passende Ideologie erfinden. Mir fiel nichts ein, aber Torsten rettete die Situation, indem er eine erfand, die auch noch toll klang: Es geht ums Gewinnen – nicht um den Gewinn! Das fanden die Proleten auch. Sie fragten uns, ob wir echte Hipster seien und ob sie uns fotografieren dürften. Ihre i-Phones hatten alle schwarze Totenkopfhüllen. Wir verneinten, schickten die Proleten aber in das Szenelokal und gingen zufrieden nach Hause. *HA*

Fahrradrevolution

Philly hatte angerufen. »Es wird Sommer, und ich brauche mein Fahrrad. Kannst du's vorbeibringen?« »Philly«, antwortete ich mit all der geduldigen Resignation, die ich in zwanzig Jahren im Schützengraben der Erziehungsfront erworben habe, »falls du es vergessen haben solltest: Du bist im Januar nach Berlin gezogen. Das ist vierhundert Kilometer von hier. Ich kann dir dein Fahrrad nicht eben vorbeibringen.«

»Dann komm halt am Wochenende!«, sagte Philly fröhlich, »ich freu mich auf dich.« Ich wollte noch etwas sagen, aber seit Philly arbeitet, hält sie ihre Telefongespräche deutlich kürzer als früher. Also fuhr ich am Wochenende mit ihrem Fahrrad

im Kofferraum nach Berlin. Meines hatte ich zur Gesellschaft auch mitgenommen. Als ich ankam, hatte es aufgeklart, und der Juniabend in Friedrichshain war sonnig und heiter. Philly freute sich tatsächlich, aber ich hatte den Eindruck, dass ihre Emotionen eher dem Fahrrad als ihrem Vater galten. Trotzdem schlug ich eine kleine Tour durch Kreuzberg vor. »Schöne Idee!«, jubelte Philly, als sei der Vorschlag von ihrem Fahrrad und nicht von mir gekommen. Bevor ich im Sattel saß, war sie schon dreihundert Meter weiter. Es war aber dann doch keine schöne Idee. Schloss Elmau liegt in Bayern, aber anscheinend wusste das die Revolutionäre Perspektive nicht. Philly und ich bogen völlig ahnungslos auf die Oberbaumbrücke ein und fanden uns sofort in einem Pulk von etwa tausend Revolutionären, von denen die eine Hälfte mit fliegenden Jeverflaschen, die andere mit offensiv dampfenden Joints gegen G7 und Elmau protestierten. Die Straße war übersät mit grünen Scherben und Kippen, aber manche revolutionäre Schäferhunde, die mitliefen, trugen neben roten Halstüchern auch Pfotenschützer. Wir stiegen ab – normaler Verkehr war auf der Straße nicht mehr möglich. Zweihundert Polizisten lehnten entspannt am Geländer der Brücke, sahen in den Fluss und unterhielten sich. Ich kam mir bei diesem Anblick sehr provinziell vor, weil ich die nächsten zwei Stunden Zwangsaufenthalt auf der Demo nicht so wie die Polizei genoss, sondern lieber ins Café gegangen wäre.

Am nächsten Tag stand ich selber eben am Geländer der Brücke, als Philly mich wütend schluchzend anrief. Es dauerte fünf Minuten, bis ich verstanden hatte, dass sie heute ebenfalls durch Kreuzberg – allerdings dabei auch bei Rot über eine Fußgängerampel – gefahren und sofort gestoppt worden war. Ein Punkt und sechzig Euro Bußgeld. Ich konnte sie beruhigen, aber währenddessen stieg in mir die hilflose Wut hoch, weil ich an gestern denken musste. Da sah ich den Polizeibus gegenüber an der Ampel, wo sie die Radfahrer anhielten. Ich nahm meine rote Krawatte ab und band sie mir um die Stirn. Die Jackettärmel krempelte ich hoch, lieh mir von einem der bettelnden Punks neben mir einen Edding und malte auf beide Unterarme »Fuck Elmau!« Dann stieg ich auf mein Fahrrad, wartete bei der Fußgängerampel auf Rot, fuhr freihändig am Polizeibus auf der anderen Seite vorbei, schrie: »Nie! Ihr kriegt mich nie!« und trat in die Pedale wie verrückt. Hinter mir wurde der Bus angelassen. Ich trat noch schneller, bog um die Ecke, sah das Szenecafé, wo all die Revolutionäre von gestern heute friedlich ihr Bier tranken und raste mit Absicht mitten zwischen die Biertische. Dann war der Bus da, und die vier Polizisten sprangen heraus. Als der erste sich triumphierend grinsend zwischen die Gäste gezwängt hatte und nach mir greifen wollte, schrie ich aus der Tiefe der umgefallenen Biertische der Szene zu: »Die Bullen! Elmau! Es lebe

Marx!« Eine kleine Stille folgte, in die der Polizist in plötzlicher Erkenntnis »Oh oh!« sagte. Aber da erhob sich das Kreuzberger Volk schon wie ein Mann. Ein bisschen taten mir die Polizisten leid, als der Kampf losbrach und immer mehr Sirenen erschollen, während ich mein Fahrrad brav über die Oberbaumbrücke zu Phillys Wohnung schob und Kreuzberg in einer Straßenschlacht untergging, aber nur ein bisschen. Schließlich hatte ich meine Tochter gerächt. *EA*

Die böse Macht

Ich bin es nicht gewohnt, zu den Bösen zu gehören. Dafür sind in meiner Familie normalerweise meine Brüder zuständig, und sie können das auch viel besser als ich. Dachte ich zumindest, bis ich vor Kurzem von einer neuen Gefahr inmitten unserer gefährlichen Welt las, deren ich mir überhaupt nicht bewusst gewesen war. Ich las den Kommentar voller Entsetzen, erkannte die Symptome an mir selbst und musste dann ehrlicherweise zugeben: Sie sind mitten unter uns, und ich bin eine von ihnen. Wie die Grauen Herren bei *Momo* verbreiten wir uns fast lautlos in der Stadt, saugen aus enthusiastischen Läufern die Lebensfreude heraus, grau und verkniffen erobern wir den

Lebensraum von Joggern, Radfahrern und Fußgängern. Und so still wir uns normalerweise verhalten, so zynisch triumphieren wir über all jene, die wir hinter uns zurücklassen, das Selbstwertgefühl zertrampelt, alle Hoffnung vernichtet …

Elektroradfahrer sind böse. Sie sind krank. Sie sind eine Gefahr für das Gemeinwohl. Sie sind Rentner, die mit ihrer unverantwortlichen Fahrweise auf dem Pedelec arglose Kinder, Hunde und das Ego von Sportlern beschädigen. Sie sind – ich muss mich schuldig bekennen, mit meinem neuen Pegasus zur Radachse des Bösen zu gehören – Menschen wie ich. Der Befund? Ich trenne die Bereiche Fortbewegung und Sport nicht sauber. Anstatt morgens mit dem Auto in die Arbeit zu fahren, um dann am Nachmittag Laufrekorde im Park aufzustellen, missbrauche ich das Sportgerät, um weltliche Ziele wie meinen Arbeitsplatz, das Haus meiner Eltern oder den nächsten Super-

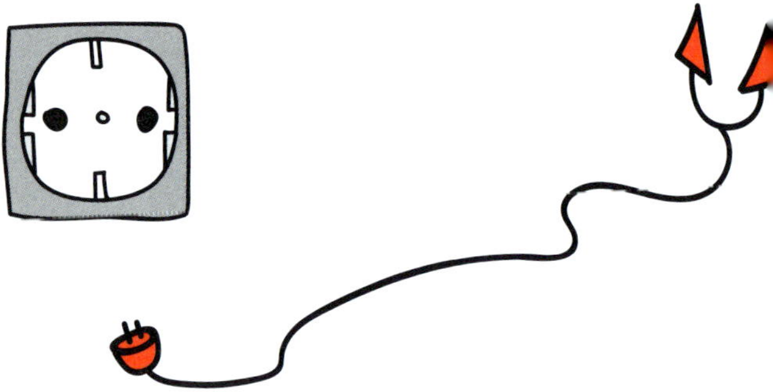

markt zu erreichen. Ich nutze auf Ausflügen, die ich sonst vielleicht gar nicht machen würde (all die verschwendeten Stunden, die ich produktiv zu Hause sitzend verbringen könnte!), manchmal die elektronische Unterstützung, ohne einen Gedanken daran zu verschwenden, wie unsportlich das ist. Ich schrecke nicht einmal davor zurück, einen *richtigen* Radfahrer am Berg zu überholen und sein Selbstwertgefühl in den Staub zu treten – zumindest in der Theorie, in der Praxis ist mir das meist zu viel Aufwand. Ich trage einen multiresistenten Keim in mir, der weder arglose Sportler noch beeinflussbare Kinderseelen verschont. Es fängt harmlos an: Vielleicht entdecken Sie eines Tages einen widerlich selbstgerechten Gesichtsausdruck an sich, wenn Sie in den Spiegel blicken. Irgendwann fangen Sie an, Ihre Einkäufe im Fahrradkorb zu transportieren und sich dabei für bessere Menschen zu halten. Sie werden immun gegen Leute, die über Ihr Elektrorad die Nase rümpfen, und mokieren sich Ihrerseits über Autofahrer. Im Endstadium der Krankheit werden Sie schlimmstenfalls so weit dem Wahn verfallen, dass Sie Ihr Auto abmelden. Die böse Macht wird triumphieren, und die Straßen werden still und öde, und eine Armee von E-Bikes wird unheimlich und fast lautlos unsere Städte erobern. Sie werden es sehen: Wir werden siegen, mein E-Bike und ich, und auch wenn ich es noch nicht gewohnt bin, zu den Bösen zu gehören: Übung macht den Meister.

»Ja, Schwester?«, meldete sich Heinrich am Telefon.

»Du kommst doch morgen zu meiner Feier?«, wollte ich besorgt wissen. Ohne Heinrich würde die Party einfach nicht so lustig werden. »Sehr gut«, freute ich mich, als er zusagte. »Kannst du vielleicht drei Kästen Bier, ein paar Flaschen Tonic für den Gin und ein Dutzend Bionadeflaschen mitbringen?«

Für irgendetwas müssen diese schrecklichen Autofahrer schließlich auch mal nütze sein, finde ich. *SA*

Ab in den Urlaub

Wohin fahren wir dieses Jahr in den Urlaub?«, fragte mich Elisabeth erwartungsvoll. Meine Freundin ist eine Frühbucherin – wegen der Preise. »Frag mein Girokonto!«, murmelte ich im Halbschlaf. Während Elisabeth bei der Bank vorbeischaute, versuchte ich, das Comicheft zu erreichen, das mir beim Dösen vom Sofa geplumpst war. Dreißig Seiten heile Welt und einfache Lösungen. Aber ich kam nicht ran. Als Elisabeth zurückkehrte, brachte sie Sorgenfalten mit. »Hat das Arbeitsamt das Urlaubsgeld überwiesen?«, rief ich hoffnungsvoll. Sie schüttelte den

Kopf und wies auf den Kontoauszug.

»Urlaub am Baggersee ist wieder in«, erklärte ich fest. »Dann kann man abends oder bei Regen zu Hause fernsehen. Das ist bestimmt toll.«

Es ist gar nicht so schlecht, kein Geld zu haben, seufzten wir. Wohin soll man denn heute noch guten Gewissens fahren?

»Ich könnte mir was von Heinrich leihen«, schlug ich schließlich vor. Elisabeth war begeistert. Wir gingen alle Alternativen durch, die dieses Jahr infrage kämen. Ich schlug einen Kulturtrip nach Moskau vor. Lieber schnell rüber, solange es noch geht. Elisabeth checkte das im Netz: »Toll! In die Kremlstadt gibt es jetzt ganz billige Flüge über die Ost-Ukraine.«

Ich fand, dass wir das machen sollten: »Weil: Nächstes Jahr kommen die vielleicht schon zu uns.« Elisabeth hatte noch eine Idee: Griechenland! Einfach um ein bisschen Geld runterzubringen. Auf dem Dorfplatz tanzen und den Leuten da zeigen, dass nicht alle Deutschen geizige Spießer sind.

Oder im Sommer ein wenig helfen gehen: Katastrophentourismus in Nepal! Aber das war zu teuer, das muss man nämlich alles selber bezahlen und die Übernachtungen dort kosten inzwischen ein Schweinegeld, weil es da nicht mehr so viele Häuser gibt. Elisabeths Favorit war Afrika! Ein wenig Löwen und Elefanten streicheln, das wäre dekadent und ignorant, und wir beide fan-

den, Urlaub ist dazu da, endlich mal ein paar Tage lang die Augen vor der Realität zu verschließen.

Wir einigten uns auf Spanien, weil ich da als Arbeitsloser nicht weiter auffallen würde, und beschlossen, die Strecke zu laufen – wegen der Preise. Wir schafften es bis zum Baggersee, aber bevor wir die Rucksäcke abnehmen konnten, fing es an zu regnen. Also versuchten wir, nach Hause zu trampen. Nach einer halben Stunde hielt endlich ein Auto an. Es war mein Bruder Heinrich: »Habt ihr ein Glück!«, begrüßte er uns fröhlich. »Ich wollte in den Zoo, das neue Elefantenbaby angucken, aber dann kam dieser Wolkenbruch!«

»Du kannst bei uns fernsehen«, antwortete ich grimmig, »wir haben viele, viele Videos ausgeliehen! Auch welche über Elefanten.«

Als wir daheim den Film einlegten, kam die Sonne raus. *HA*

Dramatische Ironie

Mein kleiner Bruder Jörg und ich waren auf dem Weg zum Fest des Staatstheaters zur Saisoneröffnung. Er befand sich gerade in der letzten Probenwoche vor der Premiere am konkurrierenden Haus und war deshalb ein flirrendes Nervenbündel mit der üblichen manischen Fresssucht. Als wir aus der U-Bahn stiegen, wehten Blockflötenklänge zu uns herüber.

»Ich wusste nicht, dass sie den Christkindlesmarkt jetzt auf den Richard-Wagner-Platz verlegt haben«, sagte er bissig, »aber ich nehme an, dass der Bürgermeister als Anwohner wegen der Lärmbelästigung geklagt hat. Schöne Idee, schon im September anzufangen. Viel besser, wenn das Christkind den Prolog vom Dach des Opernhauses spricht und man dabei in der Sonne sitzen und zusehen kann, wie es sich mit den Tauben um den Platz auf der Kuppel prügelt. Kauf mir einen Lebkuchen, ich habe kein Geld dabei.« Ich finde ja, dass es für die Erziehung jüngerer Geschwister nie zu spät ist.

»Ich kann nichts dafür, dass du deinen Text noch nicht kannst, die Regieassistentin dich hasst und der Regisseur denkt, dass du dich noch steigern kannst«, ermahnte ich ihn. »Womöglich hat er ja recht.«

Wir schoben uns durch eine blockflötende Menge, und Jörg schrie durch den Lärm:

»Es kann nicht jeder so ein seelenloser Kulturzombie sein wie du! Für manche bedeutet Theater etwas! Manche haben eine Botschaft, die aber leider vom Regisseur nicht verstanden wird. Was ist jetzt? Ich habe Hunger!« Eine füllige Dame in weiten, wehenden, pastellfarbenen Kleidern wandte sich an uns:

»Entschuldigung, können Sie mir sagen, wo das Mitmachtraining des Ballettensembles ist?«

Jörg musterte sie kurz von oben bis unten. »Ich wusste nicht, dass Goyo Montero auch eine Dompteurausbildung hat, aber ich sag's Ihnen, wenn Sie mir sagen, wo es den Kuchen gibt.«

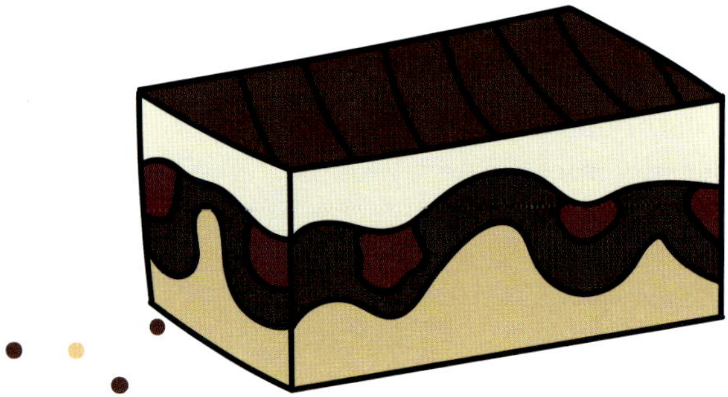

»Der Kuchen«, schnappte die Dame erstaunlich schlagfertig, »ist in mir drin. Und danke, ich finde das Ballett auch alleine.« Ich stieß Jörg grinsend in die Rippen. »Die ist sicher auch beim Theater. Und ihre Botschaft habe ich jedenfalls verstanden.« »Kuchen!«, schrie Jörg mich wütend an und sah sich um. Eigentlich gab es genug zu essen – überall standen Laster, aus denen heraus Nahrung verteilt wurde. Mir war nicht ganz klar, ob diese Foodtrucks ein dramaturgisch-ironischer Kommentar auf die Flüchtlingssituation in Ungarn sein sollte oder tatsächlich einfach nur die Versorgung der Gäste sicherstellten. Beim Theater weiß man ja nie. Auf jeden Fall hatte Jörg jetzt das Kuchenbuffet entdeckt und zog mich mit sich. Die Schlange davor war ungeheuer, denn wie sich herausstellte, war der Kuchen gratis. Je näher wir kamen, desto nervöser wurde Jörg, denn das Angebot schrumpfte dramatisch. Schließlich war nur noch eine Donauwelle da, aber vor uns stand noch ein Mann. »Erst kommt das Fressen, dann kommt die Moral!«, raunte Jörg mir zu, langte blitzschnell zwischen den Armen des Mannes durch und rief: »Renn!« Der Mann sah Jörg fassungslos nach, während ich mich vorsichtig zur Seite drückte. Ich fand Jörg im Gewühl nicht wieder, landete schließlich in der Kantine und erschrak zutiefst, als der Mann vom Kuchenbuffet auf mich zukam. Er schien mich aber nicht wiederzuerkennen, sondern lächelte freudig, stellte sich als der Schauspieldirektor vor und fragte interessiert: »Sagen Sie, ich höre ab und zu von Ihrem Bruder, hatte aber noch gar keine Gelegenheit, ihn kennenzulernen. In der *Dreigroschenoper*, den Peachum, da suche ich noch jemanden. Würden Sie ihn mir mal vorstellen?«

»Mein Bruder«, würgte ich hervor, »ist im Augenblick sehr krank … ein andermal, ja?«

Der Schauspieldirektor lächelte etwas enttäuscht und ging. Ich sah ihm nach. Dramatische Ironie nennt man das wohl, dachte ich und beschloss, Jörg auf keinen Fall zu erzählen, dass der Kuchen doch nicht gratis gewesen war. *EA*

Kitsch

Als der unbefestigte Weg eine letzte Biegung machte und vor uns das Haus auftauchte, musste ich einen Moment lang an kitschige Hollywoodfilme denken, in denen eine Großfamilie auf einem toskanischen Landgut im Freien beim Essen sitzt, während die Sonne über den Weinbergen untergeht und alles in ein goldenes Licht taucht. Tja, Hollywoodregisseure hatten offenbar niemals unsere Familie kennengelernt. Zugegeben, das alte Fachwerkhaus mitten im Nirgendwo des hessischen Knüllwalds hatte Flair, aber es hatte auch morsche Balken, Mäuse im Gemäuer und Spinnweben, die seit Jahren unter Denkmalschutz standen. Vor allem enthielt es zu diesem Zeitpunkt viel zu viele Verwandte, die mit Hollywoodidylle einfach nicht zu vereinbaren waren.

»Ich will einfach nur ordentliche Arbeit machen!«, schrie mein Bruder Heinrich, Latzhose über dem nackten Oberkörper, Säge in der Hand. »Aber so schlampig, wie du da rangehst, wird das nie was!«

»Pedant!«, schimpfte mein Onkel zurück und pfefferte den Hammer in die Ecke. Der Bau eines neuen Schuppens während unseres traditionellen Familientreffens auf dem alten, renovierungsbedürftigen Anwesen der Familie stand unter keinem guten Stern.

»Vielleicht könntet ihr auch mal den Abwasch machen«, beklagte sich meine Cousine Becky – die gehofft hatte, in dieser Woche einen wichtigen Auftrag abzuarbeiten – bei den drei Männern, die untätig um den Tisch herum saßen und Kaffee schlürften. Ich rollte die Augen und dachte mir, dass Becky sich ihrerseits vielleicht mal um ihre Kinder kümmern könnte. Aus dem Nebenzimmer ertönte in diesem Moment ein gotteslästerliches Fluchen: Mein Cousin hatte beim Abschlagen des alten Putzes die halbe Wand mitgenommen und sah gar nicht glücklich aus, als der Staub sich gelegt hatte. Mein Neffe Otto kam mit finsterem Gesicht in die Küche gestapft, weil Klara lieber mit seinem Freund als mit ihm gespielt hatte.

Es war fast unerträglich heiß, ein träger, schwerer, sonnenflirrender Augustnachmittag. Vor dem offenen Küchenfenster, das mitten auf einen grünen Hang blickte, summten Fliegen. »Wasserschlacht!!!«, schrie plötzlich eine schrille Kinderstimme von draußen. Ich wählte vorsichtshalber den Weg aus dem Küchenfenster und schlich mich ums Haus. Heinrich hatte seinen Overall ausgezogen und rannte mit manischem Lachen auf Jörg zu, der von Otto mit einem Wassereimer verfolgt wurde. Ich wartete einen günstigen Moment ab, um meine Flasche über Heinrichs kahlem Kopf auszuleeren. »Du Ratte!«, brüllte er und spritzte mir einen Rest Wasser ins Gesicht, aber Klara war

mit einer Wasserpistole aus der Deckung gekommen, die sie abwechselnd auf mich und Heinrich richtete.

Ich rannte zurück ins Haus, um meine Flaschen wieder aufzufüllen. »Becky, du feige Nuss!« Meine Cousine hatte sich in die Sicherheit der Küche zurückgezogen, aber das nützte ihr nichts, als ich meine triefend nassen Arme um sie schlang.

»Essen!«, rief Heinrich zwei Stunden später durch den Garten, als wir alle wieder trocken und sehr hungrig waren. Wir deckten den alten, wackligen Tisch vor der Scheune und trugen Schüsseln mit Salat, Brot und mit Heinrichs frisch gebackener Pizza auf, die nach Thymian duftete. Die Sonne flirrte durch die Bäume, die das Haus umstanden, fiel auf die Tonstatuen aus der Werkstatt meines Onkels, die überall im Garten herumstanden, auf die Spinnweben, die die Marienfigur im Scheunenfenster umgaben. Gläser klirrten. »Ich geh mal das Feuer anzünden«, verkündete Jörg, und die anderen Männer verschwanden im Keller, um Bier zu holen, und dann saßen wir im Freien ums Feuer, Bierflaschen in der Hand, während die Abenddämmerung hereinbrach und Funken in den Himmel stoben. Im Haus spielte jemand Klavier. Meine kleine Nichte kuschelte sich auf meinen Schoß, und die Gespräche nahmen den leisen Ton an, der mit Abenden im Freien und Lagerfeueratmosphäre einhergeht. Viel später tastete ich mich nicht mehr ganz nüchtern durch den stockdunklen Dachboden auf der Suche nach meinem Schlafsack, stolperte über einen Verwandten, der fluchte, ohne aufzuwachen, und begann haltlos zu kichern. »Was zum Teufel ist denn los?«, flüsterte Becky schlaftrunken. Ich konnte nicht aufhören zu lachen. Neben mir tappten schnelle Mäusefüße über den Holzboden. »Ich dachte nur gerade«, kicherte ich und brach auf meiner Matratze zusammen, »ich dachte gerade, wie gut es ist, dass sich unsere Familie nicht für Idi… Idil… Idyllen eignet. Sonst wäre dieses Familientreffen so was von kitschig!« *SA*

Reise nach Moskau

Deutsche sind im Ausland deutlich im Vorteil. Niemand erwartet von ihnen gutes Benehmen. Prego, per favore, excusez-moi, das will keiner aus ihrem polternden Mund hören. Wir müssen keine fremden Sprachen können. Trotzdem setzte sich meine Freundin Elisabeth vor den Computer und lernte russische Vokabeln. Aber wozu? »Cappuccino« ist international, und die einzige Frage, die wir manchmal im Ausland beantworten müssen, ist, ob Adolf noch lebt.

»Ja, der ist im April hundertsechsundzwanzig geworden. Demnächst wird sein Sohn die Regierung übernehmen«, antwortet Elisabeth dann immer gerne. Dieses Jahr sind wir nach Moskau in den Urlaub geflogen, da haben sie ihre eigenen Diktatoren und fragen nicht nach unseren. Ich prägte mir grimmig nur einen Satz ein, und das war gut, denn den brauchte ich auch: »Wo ist die deutsche Botschaft?«

Die Frau bei der Passkontrolle sah meinen vorläufigen Reisepass an, als wäre er mein Vorstrafenregister. Sie hob den Hörer ab und telefonierte, dann ließ sie mich einen Wisch auf Kyrillisch unterzeichnen, ehe ich durchgewinkt wurde und mich wie ein verirrtes Schaf schnell in meine Reisegruppe kuschelte.

»Ich geb dir tausend Rubel, wenn du noch mal zurückgehst und ihr einen Witz erzählst«, bot mir Elisabeth an. Aber ich lehnte ab, weil ich den Wechselkurs noch nicht so gut einschätzen konnte.

Nach der Kremlbesichtigung machten wir eine Verschnaufpause auf einer großen Brücke. Ich zeigte Elisabeth die lustigen Mitbringsel, die ich gekauft hatte. »Ist das da Putin? Mit Stalin im Arm?«, fragte sie. Mein Favorit war das T-Shirt: Putin oben ohne. Auf einem Bären reitend. Als die Reiseleiterin erklärte, dass wir genau an der Stelle stünden, an der Boris Nemzow erschossen worden war, packten wir die Sachen verstohlen weg und eilten der Gruppe hinterher. Die war schon wieder in effektive Marschformation übergegangen, um die nächsten Sehenswürdigkeiten zu erobern (die Deutschen versuchen es immer wieder!).

Die Gebäude in Moskau sind gigantisch. Aber noch mehr beeindruckten mich die Passkontrollen. Noch heute träume ich davon. Es wird einem klar, dass es keine Weltenbürger gibt und dass man Staatsgrenzen nur überschreiten kann, wenn das irgendwer erlaubt.

Am Ende hatten wir es dann doch noch geschafft, die Reisegruppe zu verlieren. Wir wussten beide nicht, wie unser Hotel hieß, und die Straßennamen waren alle auf Kyrillisch. Da fiel mir etwas ein. Ich wandte mich an den nächstbesten Passanten und sprach ihn an. In perfektem Russisch: »Gde nemezkoje pasolstwa?« Elisabeth staunte. Eine Viertelstunde später saßen wir gemütlich auf unserem Balkon und blickten über die Skyline von Moskau. Das Hotel war nämlich neben der deutschen Botschaft. *HA*

Kultur der Rache

Bei meinem Besuch der Ausstellung im Palais Sternberg in Prag handelte es sich nicht um den Wunsch, meine Bildung zu vertiefen, sondern um schlichte Rache. Da ich nämlich die blühende Jugend Bayerns nicht durch Unterricht vorzei-

tig zum Welken bringen möchte, hatte ich meinen Kurs zu einer Studienfahrt nach Prag bewegen können. Prag wird oft als Goldene Stadt bezeichnet, was wahrscheinlich von den unzähligen Kneipen herrührt, in denen sich die blühende Jugend Bayerns dazu verleiten lässt, für denselben Preis wie auf dem Oktoberfest zehn Liter Bier statt einem zu trinken. Ja. Mir geht es wie Ihnen. Zehn Liter Bier hatte auch ich für eine maßlose Übertreibung gehalten. Allerdings nur, bis mich nachts um zwei ein Telefonanruf aus dem Hotelbett riss. Zehn Minuten später joggte ich hektisch durch eine warme Nacht, um einen meiner Schüler von der Karlsbrücke zu pflücken, wo er sich zu Füßen des Brückenheiligen Nepomuk zu einem so tiefen Schlaf gelegt hatte, dass ich vor Neid kurzzeitig versucht war, ihn wie weiland den Bischof einfach in die Moldau zu schmeißen. Nach einem kurzen Blick in die Schulordnung, die ich stets bei mir trage, verzichtete ich jedoch darauf und rief ein Taxi, dessen Inhaber für einen Weg von anderthalb Kilometern achtzig Euro verlangte. Ich machte ihn darauf aufmerksam, dass Tschechien zwar zur EU gehöre, die gesetzliche Scheidemünze aber noch immer die Krone sei, weshalb ich auch nur achtzig Kronen zu zahlen gewillt wäre. Der Taxifahrer nannte mich einen dreckigen Faschisten. Es kam zu einem hässlichen Wortwechsel, bei dem Alexander schlafend aus dem Taxi kippte und sich froh grunzend auf dem warmen Gehsteig zusammenrollte. Es wurde schon hell, als ich schließlich vierzig Euro bezahlt und Alexander in den dritten Stock ins Bett gewuchtet hatte. An Schlaf war nicht mehr zu denken, und so empfing ich, todmüde im Sessel des Foyers sitzend, all meine fröhlichen Schüler, die sich um eins aus dem Hotel geschlichen hatten und jetzt um sechs zurückkehrten.

»Um halb acht antreten!«, befahl ich mit vor Hass und Übermüdung heiserer Stimme. Der Unglaube und die Verachtung in den Mienen der Schüler waren nur ein schwacher Trost.

Und deshalb befanden wir uns jetzt im Palais Sternberg, dem Museum, das nie jemand besucht, weil es direkt neben dem Hradschin liegt, der größten Attraktion Prags, und deshalb von niemandem beachtet wird. Außer von einem Lehrer im Rachemodus. Ich hatte meinen Kurs seit sieben Stunden ohne Mittagspause zu Fuß durch die Stadt gejagt, und mir waren langsam die Sehenswürdigkeiten ausgegangen, sonst hätte ich es nie betreten. Die Museumswärter versteckten sich verängstigt, als sie das erste Mal seit dem Ende des Sozialismus Menschen in ihrem Museum sahen. Gähnend wanderten wir durch kostbar geschmückte, aber leere Palastzimmer mit Gemälden aus aller Welt, die nie jemand sah. Der letzte Raum schien etwas Besonderes zu sein, aber alle Schüler sahen nur eins: die großen Bänke in der Mitte. Ein lautloser Sturm setzte ein. Ich war der Letzte, aber auf mein heiseres, bösartiges Knurren wurde mir Platz gemacht, und ich sank auf die Bank. Keiner von uns wusste später, wie es gekommen war, aber als wir aufwachten, war das Museum geschlossen. Der Mond schien sanft auf das große Gemälde vor uns. Nach einer langen Weile räusperte Alexander sich. »Dürer hat sich da selbst hineingemalt!«, sagte er und deutete auf das Bild, »das ist das Rosenkranzfest.« »Und da drüben ist ein Cranach«, meinte Toni gähnend und stand auf. Wir anderen auch. Und weil man im Palais Sternberg keinen Handyempfang hat, wanderten wir eine Nacht lang durch den Mondschein von Bild zu Bild. Diesmal kamen wir alle erst morgens und unter Polizeischutz ins Hotel zurück, aber als Alexander unbeholfen meinte: »Dass man von Kunst besoffen werden kann«, da wurde ich weich und ordnete Vormittagsschlaf für mich und die blühende Jugend Bayerns an. *EA*

Alle Tassen im Schrank

Es war ein Fehler, den Karton nicht zu den anderen Sachen in den Kofferraum zu stellen. Meine Mutter saß auf dem Beifahrersitz, entfernte das Zeitungspapier, das ich als Verpackung verwendet hatte, und förderte eine Tasse mit russisch-blauem Muster zutage. »Du willst die doch nicht wegtun?«, fragte sie entsetzt, während ich in die Straße zum Gebrauchtwarenhof einbog. »Doch, Mama«, erwiderte ich seufzend. »Ich musste mal ein bisschen ausmisten, und ich benutze dieses Kaffeeservice einfach nie.«

Ihr trauriger Blick hätte auch Kindsmörder erweicht; wahrscheinlich hatte sie ihn dem Hund abgeschaut. Ich konnte ihm jedenfalls nicht standhalten. Als ich eine Stunde später vom Haus meiner Eltern wieder aufbrach, räumte meine Mutter glücklich ein russisch-blaues Kaffeeservice in ihren Esszimmerschrank.

Mein Bruder Jörg war ausnahmsweise zu Hause, als ich an seiner Wohnungstür klingelte. »Ich dachte, ich komm noch mal vorbei, bevor

ich morgen nach London fliege«, erklärte ich und setzte mich auf die Bank am Esstisch.

Neben der Bank stand Jörgs alte Korbtruhe, und darauf befand sich eine eigenartige Ansammlung von Gegenständen. Das Ganze sah verdächtig aus nach …

»Du willst doch wohl nicht die Tasse weggeben, die ich dir aus dem Globe Theatre mitgebracht habe?«, fragte ich empört.

»Eh, ich musste mal ein bisschen ausmisten«, antwortete Jörg. »Ich habe Elisabeth gesagt, sie kann die Sachen auf dem Flohmarkt verkaufen. Die Tasse ist eigentlich nur versehentlich da auf den Haufen gekommen.«

Ich bedachte ihn mit einem Blick, den ich mir sonst für besonders renitente Schüler aufhebe. Zu meiner Überraschung schien Jörg die Sache tatsächlich peinlich zu sein. »Schau mal, die anderen Tassen von dir habe ich alle behalten«, beeilte er sich hinzuzufügen. »Die aus Ton mit dem Fisch, die du mir geschenkt hast, und die aus Wales mit dem Schaf …« – »Die habe ich dir nicht geschenkt, die hast du gestohlen«, antwortete ich düster. Jörg grinste und nahm eine Espressotasse mit einem Motiv von Gustav Klimt aus dem Schrank. »Und die behalte ich natürlich auch«, versicherte er mir. Das war die Tasse, die ich meinem Bruder Heinrich mitgebracht hatte, der sie aber nie benutzte.

Ich ergriff die Macbeth-Tasse und packte sie in meine Handtasche. »Die kommt jedenfalls nicht auf den Flohmarkt.« Dann schaute ich mir den Haufen noch einmal genauer an. »Und lass den Verleger besser nicht sehen, dass du seinen Kalender entsorgen willst«, riet ich ihm. Jörg wurde rot, dann leuchtete sein Gesicht auf. »Apropos Verleger, mein Freizeitführer ist heute angekommen.« Er drückte mir das Buch in die Hand, an dem er mitgearbeitet hatte.

»Brauchst du was aus London?«, fragte ich, bevor ich seine Wohnung verließ. Jörg grinste mich an. »Vielleicht mal zur Abwechslung eine schöne Tasse«, schlug er vor.

Als er nicht hinschaute, legte ich sein Buch auf den Haufen mit den Sachen für den Flohmarkt. Ich war überzeugt, dass es irgendwann wieder auftauchen würde. Auf die ein oder andere Weise bleiben die Dinge immer in der Familie. *SA*

Der goldene Tod

Ich wachte vom Klingeln des Telefons auf und ging mit unsicheren Schritten in die Küche. Das Handy baumelte am Ladekabel von der Steckdose über dem Herd. Ich angelte es mit müden Händen und hob ab. Die Stimme, die ich hörte, war viel zu laut.

»Du darfst nie wieder Weizen essen!«, schrie sie. »Ich hab da ein Buch gelesen, das glaubst du nicht!« Es war meine Cousine Miriam. Während ich mit dem Fuß nach einem Stuhl fischte, berichtete sie mir von den neuesten Erkenntnissen über die schädlichen Wirkungen des goldgelben Getreides.

Das war es also. Ich war Vegetarier und verzichtete auf Milch. Ich kaufte Biogemüse und achtete bei Getreideprodukten auf Vollkorn. Ich energetisierte mein Wasser mit Edelsteinen und hatte beim Einzug einen Wünschelrutengänger bestellt. Irgendwie hatte ich gehofft, dass das reicht. Jetzt war also der Weizen dran.

Nach dem Gespräch dachte ich ans Frühstück. Ich dachte an weichen Toast und knusprige Brötchen. Und dann dachte ich an Miriam.

Als meine Freundin Elisabeth eine Viertelstunde später verschlafen fragte, ob sie zum Bäcker gehen solle, schüttelte ich nur den Kopf.

»Heute gibt es Müsli«, antwortete ich knapp.

Wir aßen klebrigen Brei aus Hafer. Die alte Birne, die ich gefunden hatte, teilten wir uns.

»Was essen wir heute zu Mittag?«, fragte ich zerstreut.

»Wir essen doch gerade. Wie kannst du währenddessen schon an die nächste Mahlzeit denken?«, fragte sie und leckte den Löffel ab. Hungrig und verzweifelt kratzte ich meine Schüssel aus.

Eine Woche hielt ich durch. Ich hockte auf dem Boden inmitten von Büchern und Ratgebern, die mir Miriam geliehen hatte. Zwischen meinen Zähnen war Mohn. Leinsamen hingen in meinem wirren Bart. Ich hatte einen Teller kaltes Tofu mit Ketchup von mir geschoben und las entsetzt den Artikel, der erklärte, warum das Sitzen auf Stühlen uns zu Krüppeln macht.

»Du siehst nicht gut aus. Willst du dich nicht mal duschen?«, fragte Elisabeth. Ich schüttelte nur den Kopf.

»Oder ein Deo benutzen? Ich kauf dir eins, wenn du willst«, bot sie freundlich an.

»Der Tod kommt durch die Achselhöhle«, antwortete ich verbissen.

»Jörg«, Elisabeth beugte sich zu mir und sah mich eindringlich an, »was würdest du sagen, wenn ich mich nicht mehr wasche, wenn du mich nicht mehr jederzeit auf dem Handy erreichen könntest und ich nur noch ungefärbte, kratzige Wolle trüge? Miriam und du – ihr werdet uns vielleicht um Jahre überleben. Aber ihr werdet einsam sein. Sehr einsam.«

Und dann begann sie, alles aufzuzählen, worauf ich in Zukunft würde verzichten müssen. Duftende Croissants, ausladende Frühstücke mit Freunden, Weihnachtsessen. Und Elisabeth.

Es dauerte keine Viertelstunde, bis ich frisch geduscht und parfümiert beim Italiener saß.

»Feiern Sie etwas?«, fragte der Kellner verwundert, als ich unsere riesige Bestellung aufgegeben hatte.

»Ja«, antwortete Elisabeth, »unseren Sieg über die Angst.« *HA*

Vorsorgeuntersuchung

Mein Arzt sah mich zweifelnd an. Ich habe das nicht so gern, wenn ich weitgehend unbekleidet bin, aber schließlich ist er mein Arzt und hat deswegen so eine Art Lizenz zum Betrachten. Ich versuchte, zweifelnd zurückzublicken, aber das funktioniert bei Ärzten extrem selten.

»Vegetarier? Wirklich?«, fragte er. Ich nickte wild. »Wie mein Bruder. Der isst nicht mal Weizen. Und energetisiert sein Wasser. Meine Schwester lebt sogar vegan. Wir ernähren uns alle supergesund.« Ich lachte hohl, aber anscheinend wenig überzeugend. Mein Arzt beachtete mich nicht. Er überprüfte meine Akte. Dann holte er ein schweres Buch aus dem Regal, das mir Angst machte. Er druckte Tabellen aus und verglich sie mit dem Buch und meiner Akte. Mir wurde inzwischen kalt, und ich baumelte ein wenig mit den Beinen in der Hoffnung, er würde mir erlauben, mich wieder anzuziehen. Als ich jedoch nach dem Hemd griff, machte er eine zerstreute, aber bestimmt verneinende Handbewegung. Schließlich sah er auf. »Trinken Sie gerne flüssige Butter?«, fragte er streng, »anders kann ich mir Ihre Cholesterinwerte nicht erklären, wenn Sie Vegetarier sind.« Ich sah zu Boden. Mist. Die Schlagsahne. Ich mag Schlagsahne. Ich hatte gehofft, Schlagsahne gegen Fleisch wäre irgendwie ein fairer Tausch. Mein Arzt aber rechnete ein wenig und teilte mir dann mit, dass mein biologisches Alter etwa elf Jahre über meinem tatsächlichen läge. Das erklärte zumindest, warum so viele Leute mich für den Vater meiner jüngsten Geschwister halten. »Sie müssen was machen!«, ermahnte er mich streng. Ich fragte ihn, ob wir damit beginnen könnten, dass ich mich wieder anzog, aber er wollte erst noch meine Schultern und meine Knie abhören. Als er sich erschüttert wieder aufrichtete, versuchte er den Befund mit einer Metapher zu erläutern: »Wenn Sie eine fünfzig Jahre alte Stones-Platte auflegen, dann hören Sie da vor lauter Krachen die Musik auch nicht mehr. Sie müs-

sen was machen.« Ich hätte jetzt tatsächlich gerne etwas gemacht, nämlich ein bisschen geweint, aber Männer weinen beim Arzt nicht. Ich hätte sowieso keine Gelegenheit dazu gehabt, denn mir wurde befohlen, meine Fußspitzen mit den Fingerspitzen zu erreichen. Das tat ich, aber es war wieder falsch. »Sie sollten sich dazu nicht auf den Boden setzen müssen«, erklärte er müde, »versuchen Sie's mal stehend.« Er sah sich meine Bemühungen fünf Minuten schweigend an, dann fragte er, ob er mich filmen dürfte. Zur Unterstützung eines Vortrags, den er demnächst beim geriatrischen Kongress halten wollte. Ich fragte, ob ich mich dann wieder anziehen könnte, und so einigten wir uns zum beiderseitigen Vorteil. Trotzdem war ich sehr deprimiert, als mir von den Arzthelferinnen ein Stapel Rezepte und mehrere entsetzliche Broschüren zum Thema Alter ausgehändigt wurden. Als ich die Praxis verließ und zu meinem Auto ging, sah ich meinen Arzt resigniert an die Wand gelehnt eine Zigarette rauchen. Als er mich sah, ließ er sie schuldbewusst fallen. Erst wollte ich hämisch rufen: Sie müssen was machen! Aber dann ging ich auf ihn zu und streckte meine Hand aus: »Wenn Sie aufhören zu rauchen, fange ich an zu joggen, ja?« Er zögerte kurz, aber dann schlug er ein. Und ich finde, dass wir beide seit dem letzten Jahr deutlich besser aussehen. *EA*

Alle Rezensionen, die ich nie geschrieben habe

Ich starrte auf das leere Office-Dokument und konnte mich nicht dazu überwinden, mit dem Artikel anzufangen. Das Kammerorchester »Ausfahrt Baarer Weiher West« im Fürther Stadttheater. Seufzend begann ich, meine Aufzeichnungen vom vergangenen Abend zu entziffern. »Hänsels Wassermusik? Solo am Tumorsaxofon?« Ich verfluchte nacheinander den dunklen Theaterraum, die Frau neben mir, die mich angezischt hatte, meinen beleuchteten Kugelschreiber auszuschalten, und meine eigene Höflichkeit, die mich dazu gebracht hatte, den Rest des Abends meine Notizen blind niederzuschreiben. Ich fluchte noch ein bisschen über meinen Bruder Heinrich, denn schließlich war er es damals gewesen, der mich gezwungen hatte, mich für den Job als freie Mitarbeiterin bei der Zeitung zu bewerben. Dann stand ich auf und machte mir einen Tee, denn man kann schließlich nicht die ganze Zeit arbeiten.

Während ich mit meinem Teebecher auf dem Sofa saß, dachte ich an all die Rezensionen, die ich nie geschrieben hatte. Zum Beispiel die über das Publikum, das immer da ist und in keinem Artikel vorkommt: ein bulliger Mann ohne Hals und mit eckigem Kopf, umschwebt von Zigarettenrauch in einer Jazzkneipe; dicke Frauen in der vierten Reihe, die nonstop in vernehmlichem Fränkisch gegen Schuberts *Unvollendete* einen Kontrapunkt aus Banalitäten setzen; die unsicheren Neulinge, die schüchtern zwischen den Sätzen klatschen; der Enthusiast direkt vor der Bühne, der immer einen Tick zu laut und zu lange lacht; die wilde Schönheit einer Frau, deren rote Haare vom Licht eines Scheinwerfers umstrahlt sind; der hagere Theaterbesucher im Foyer, der aussieht, als sei er in Wirklichkeit eine Romanfigur – wie ist er bloß hierhergekommen in diese seltsame Realität? Es gibt Abende, da wäre eine Rezension über die Zuschauer viel spannender als eine über das Konzert oder das Stück.

Nicht allerdings gestern im Stadttheater. Weil ich sowieso nicht sehen konnte, was ich schrieb, schaute ich mir den Star-Cellisten an, der die Attraktion des Abends war. Einer von denen, die in

Radiosendungen mit dem Titel »Klassikstars« vorkommen. Virtuos, jung, gutaussehend … Moment mal, gutaussehend? Ich runzelte die Stirn, fragte mich, was mich an dem Mann irritierte, und kam zu dem Schluss, dass er einfach nicht aussah wie ein Musiker. Die Rezensentin in mir spann den Gedanken weiter: »Er wirkt wie einer dieser Schauspieler, die in einem historischen Film die Hauptrolle spielen, deren Gesicht aber 21. Jahrhundert schreit. Er passt nicht in die Rolle, zu modern, zu kantig … Ungefähr so wie … sagen wir: wie Nikolaj Coster-Waldau.«

Das war ein Fehler.

Ich versuchte hektisch, den letzten Gedanken aus meinem Kopf zu streichen, aber zu spät: Der Star-Cellist hatte sich vor meinen Augen in einen Charakter aus *Game of Thrones* verwandelt, nur mit einem Cello anstatt eines Schwertes. Ich fragte mich, welche Rollen die anderen Musiker wohl spielen würden, und dann konnte ich nicht mehr an mich halten. Meine Schultern zuckten, während ich die Fantasyserie mit den Violinisten und Bläsern des Kammerorchesters neu castete. Der Stift, mit dem ich unsichtbare Notizen machte, zitterte in meiner Hand. Nein, auch das war wohl ein Artikel, der nie im Druck erscheinen würde, wie so manche Beobachtung, bei denen meine Fantasie mit mir durchgegangen war: »Die Orgeltöne klingen, als würde man einen Berg polieren«, »wie Waten durch trübes Wasser«, »die

Violinen: ein Leopard, der durch einen Wald aus schwarzen Baumstämmen schleicht …«

Das Klingeln des Telefons riss mich aus meinen Gedanken. Es war die Redaktion der Zeitung. »Wir haben den Artikel über das Konzert gestern noch nicht erhalten. Kommt der demnächst?«

Ich verschluckte mich an meinem Tee, musste husten und erklärte mit tränenden Augen: »Ja klar, da sitze ich gerade drüber. Ich schicke ihn so schnell wie möglich los.«

Zurück zu meinen Aufzeichnungen vom vergangenen Abend: »Allegro furzioso voll virtuoser Kadetten …«

Meine ungeschriebenen Rezensionen würden wohl noch eine Weile länger ungeschrieben bleiben. *SA*

Darwin

Wir saßen beim Frühstück, der Samstag strahlte ein fettes Lächeln auf den Tisch, genau neben die Blumen, die meine Freundin gestern aus der Arbeit mitgebracht hatte. Der Duft von gedünsteten Zwiebeln und Kaffee machte mich ein wenig gierig. Elisabeth stand am Herd.

Während mein Mund sagte: »Kann ich schon mal von dem Joghurt?«, hatten meine Hände längst die Folie vom Becher gerissen und nach dem Löffel gegriffen. Elisabeth nickte und lächelte mich an. Sie hatte die Finger in der Sahne.

Beim Essen lief das riesige, alte Radio. Eine Birne lag dekorativ auf dem hellen Holz. Ihre Farbe machte sich vorzüglich mit der Maserung.

»Du hast wieder diesen Gesichtsausdruck«, sagte Elisabeth. »Worüber denkst du nach?«

»Über die Birne. Ihre Form. Sind die ganzen Nährstoffe einfach hineingeplumpst wie in einen leeren Socken? Ist sie deshalb unten so fett?«, fragte ich nachdenklich.

Elisabeth schüttelte nur den Kopf: »Besser man fragt nicht nach. Ich hatte so gehofft, du würdest etwas Geistreiches sagen.«

»Es geht noch weiter«, beeilte ich mich zu entgegnen. »Dann dachte ich daran, dass diese Birnen ja dicker und dicker werden und dann einfach runterfallen und verderben. Warum ist die Natur so blöd? Dann habe ich mir vorgestellt, was Affen täten, die plötzlich in Deutschland leben. Würden sie die Birnen essen? Aber sie kennen sich hier nicht aus – würden sie auch ver-

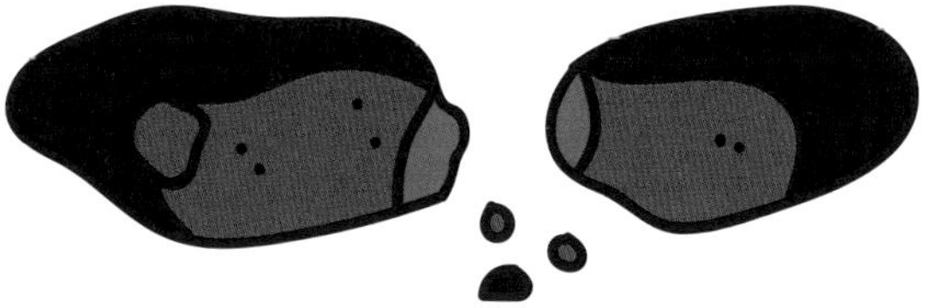

giftete Früchte essen wie die weißen Knallerbsen und dann in Massen tot unter den Büschen liegen? Würden die anderen Affen so schlau sein, die richtigen Schlüsse daraus zu ziehen, wenn sie die Kadaver finden?«

»Jörg«, unterbrach mich Elisabeth. »Jörg!«

»Was?«, fragte ich etwas aufgebracht, »du hast mich gefragt!«

»Das meine ich nicht«, erklärte sie. »Das Brot, das du isst. Es ist verschimmelt.«

Den restlichen Morgen über war ich etwas eingeschnappt.

»Was willst du?«, fuhr ich sie an. »Wären um den Brotkorb herum tote Affen gelegen, ich hätte genauer hingesehen! Und überhaupt, warum muss dieses Scheißbrot so schnell verschimmeln?«

»Vielleicht«, sinnierte Elisabeth und lächelte mich an, »vielleicht hat die Natur einfach nur versucht, dich auszusortieren.« *HA*

Literarisches Hitzegewitter

Mein Bruder Jörg rief mich an, als ich unter der Dusche stand. Wieder einmal. Allerdings duschte ich diesmal nicht aus hygienischen Gründen, sondern weil es noch einmal so heiß geworden war, dass ich nur schwer denken

konnte, obwohl der Abgabetermin für meinen Roman bedrohlich näher rückte.

»Mein Computer ist gestorben«, teilte mir Jörg grußlos mit, »ich glaube, es liegt an der Hitze. Kannst du kommen und ihn dir anschauen?«

»Ich bin nackt«, sagte ich zu Jörg, »und es liegt mit Sicherheit nicht an der Hitze. Wann hast du das letzte Sicherheits-Update gemacht?«

»Ich weiß nicht, was das ist«, schrie Jörg ungeduldig in den Hörer, »aber du bist mein Bruder, und mein neues Buch war auf der Festplatte. Komm jetzt!«

Ich zog mich an und kam. Es stellte sich heraus, dass Jörgs Rechner von etwa vierzehn Viren befallen war, wovon einer seine Festplatte gelöscht hatte. Ich teilte das Jörg mit, der daraufhin gotteslästerlich fluchte, den Rechner trat und die Maus an ihrem Kabel in der Teekanne versenkte.

»Was soll ich jetzt machen?«, schrie er, »ich war eben fertig!«

Ich traute mich fast nicht, ihn zu fragen, ob er eine Sicherheitskopie an den Verlag geschickt hätte. Zu meiner großen Beruhigung maulte er mich bloß an, für wie blöd ich ihn hielte und dass es sich nur um die Überarbeitung der letzten zwei Wochen handelte, die jetzt weg waren. Ich verzichtete auf den Tee, den er mir mürrisch anbot, und ging.

Spät abends saß ich bei offenem Fenster, nippte an meinem Wein und atmete die kühle, reine Luft, die das Gewitter gebracht hatte, als das Telefon wieder klingelte. Diesmal war es mein Verleger.

»Kannst du mir helfen?«, fragte er ebenso unvermittelt wie Jörg. Ich sah auf die Uhr. Es war fast elf, und ich war müde.

»Ähm, ich habe schon was getrunken und ich …« Der Verleger unterbrach mich und schrie in den Hörer: »Das ist mir egal! Du bist mein Autor und ich brauche dich jetzt! Bring Wäscheleine mit!«

Seufzend stellte ich das Glas Wein weg, fragte mich, ob er wegen der kommenden Buchmesse wahnsinnig geworden war, und ging.

Mein Verlag befindet sich im obersten Stock eines sehr schönen alten Hauses, deshalb fand ich es etwas seltsam, dass mir ab dem zweiten Stock auf der Treppe Wasser entgegenplätscherte. Ich rannte jetzt nach oben. Der Verleger stand barfuß in zentimeterhohem Wasser und wrang einen Lappen aus.

»Hab die Fenster offen gelassen!«, stieß er wütend hervor. Ich sah mich um. Das Gewitter hatte ganze Arbeit geleistet. Es hatte fünf Meter weit hineingeregnet, auf Computer und Faxgeräte und Tastaturen. Mir wurde heiß. »Sag mal, der Rechner von Jörgs Lektor, ist das der hier?« Der Verleger nickte und trat wütend dagegen. Wasser schwappte aus dem CD-Fach. »Hat er sein Manuskript ausgedruckt?«, rief ich panisch. Wir suchten jetzt gemeinsam und fanden es im Biergarten gegenüber. Der Wind hatte es aus dem Fenster gewirbelt; zusammen mit Hunderten von Postkarten. So stand ich dann eine Stunde später, als wir alles trocken gewischt und die nassen Bücher auf kreuz und quer gespannte Leinen gehängt hatten, und bügelte das Manuskript meines Bruders vorsichtig trocken. Seite für Seite.

Seitdem streiche ich in meinen Verlagsverträgen den Satz, dass der Autor die Gefahr des zufälligen Untergangs des Manuskripts trägt. Er hat für mich irgendwie eine neue Bedeutung bekommen.
EA

Brüder und Heilige

Familienfeste laufen selten nach Plan, und die Taufe meines Neffen Otto war da keine Ausnahme. Heinrichs Anruf erreichte mich am Tag vor der Feier. »Wir haben ein Problem«, teilte er mir mit. »Papa musste ins Krankenhaus. Otto fragt, ob du ihn taufen kannst.«

Unser Vater ist Pfarrer und hat alle seine Kinder und die meisten seiner Enkel getauft. Nur bei Otto hatte es etwas länger gedauert. Heinrich meinte, er habe seit dessen Geburt so viel zu tun gehabt und man könne ja wohl mal etwas vergessen. (Otto war mittlerweile zehn Jahre alt und hatte Papa irgendwann einfach selbst gefragt, ob er ihn taufen würde.)

»Du hast doch auch Theologie studiert«, sagte Heinrich. »Da müsstest du doch die Taufe halten können, falls Papa morgen noch nicht wieder raus ist, oder? Taufe im Notfall, das gibt es doch?«

Ich verdrehte die Augen. »Ja, Bruder, das gibt es. Aber ich glaube nicht, dass sich der Notfall darauf bezieht, dass der *Pfarrer* im Krankenhaus ist. Otto könnte einen epileptischen Anfall simulieren«, schlug ich vor. »Sonst können wir nur beten, dass Papa morgen wieder fit ist.«

Manche Gebete werden erhört, und als sich die Familie am nächsten Tag vor der alten Dorfkirche versammelte, war unser Vater dabei, ein bisschen wacklig auf den Beinen, aber ansonsten fast der Alte. Da er gleich vom Krankenhaus zur Kirche gekommen war, gab er meinem Bruder Jörg am Telefon Anweisungen, wo er die Taufpredigt und seinen Talar finden konnte, um ihn mitzubringen. »Ja, und ungefähr zwei Schritte rechts von der Keksdose ist auf einem Stuhl ein Stapel Bücher über Homöopathie, und darauf liegt eine braune Ledermappe mit der Predigt …«

Heinrich und ich grinsten uns an. Es war uns allen ein Rätsel, wie Papa in dem Chaos seines Arbeitszimmers jemals etwas fand, aber offensichtlich hatte er den Überblick. Während wir auf Jörg und die Predigt warteten, wuselte meine jüngste Nichte Jana an den Grabsteinen vorbei wie ein kleiner Affe und sprang jedem auf den Rücken, der nicht schnell genug flüchtete. Ottos Schwester Philly war nach mehreren Monaten aus Berlin zurück und wurde von den meisten Gästen ignoriert, weil sie die elegante junge Frau für Jörgs neueste Freundin oder eine entfernte Verwandte hielten, an die sie sich nicht erinnern konnten.

»Meine kleine Tante«, ertönte eine Stimme hinter mir, als wir die Kirche schließlich betraten, und ein Berg in elegantem Schwarz ließ sich neben mir auf der Holzbank nieder. Ich musste zu meinem ältesten Neffen Theo aufblicken. Um ihn daran zu erinnern, dass er selber mal klein gewesen war, erwiderte ich: »Kommt mir vor wie gestern, dass mein Vater dich getauft hat.« Wie sich herausstellte, ging es nicht nur mir so.

Papas Predigt handelte von Rittern und kam damit Ottos Vorlieben entgegen. Offensichtlich hatte mein Vater sich alle Mühe gegeben, die passenden Worte für ihn zu finden, und die ganze Familie war sehr beeindruckt von der Ansprache – bis zu dem Moment, in dem unser Vater verkündete: »Und heute, lieber Theo, bist du hier, um getauft zu werden.«

Theo neben mir zog die Brauen hoch. Zwei Reihen vor mir saß Jörg, dessen Schultern zuckten. Unser Vater beendete seine Predigt mit einem ein wenig martialischen Kirchenlied, das unter dem Kreuzgewölbe hallte, und trat zum Taufstein. »Lieber Theo, liebe Eltern und Paten, kommt her …« Den Rest hörte niemand, weil sich alle ein bisschen nervös umsahen, während Otto, seine Eltern und die Paten gehorsam vortraten. Vater bedeutete dem Paten, etwas von dem Taufwasser auszugießen. »Und nun, Theo …«

»Otto!«, rief Jörg laut. »Otto, Papa!« Wir lachten, unser Vater nickte heftig und verbesserte sich, und das Taufwasser rann über Ottos blonden Haarschopf. Papa überreichte ihm neben der Taufkerze noch seine Predigt, und mit einem breiten Grinsen setzte sich mein jüngster Neffe wieder auf seinen Platz, ein Ritter Gottes gewissermaßen.

Die Orgel stimmte das letzte Lied an. »Ich bin getauft auf deinen Namen«, begann ich fröhlich, aber ich kam nicht weiter. Neben mir schüttelte Theo belustigt den Kopf, die Augen auf Ottos Hinterkopf gerichtet, und murmelte: »Nein, Kleiner. Du bist getauft auf *meinen* Namen.« *SA*

Zynische Bonmots

Oh Gott!«, ruft Elisabeth betroffen, nachdem sie den Laptop aufgeklappt hat. Sie schlägt die Hand vor den Mund.

»Was?«, frage ich alarmiert über den Rand meines spannenden Romans hinweg. Meine Nackenhaare sträuben sich schon.

Sie winkt ab. »Ach nichts.«

»Ich hasse das«, murmele ich in mein Buch.

»Du willst es doch gar nicht wissen!«, verteidigt sich Elisabeth. Es geht also wieder um die Nachrichten. Sie hat das kostenlose Katastrophen-Abo von Spiegel-online als Startseite.

»Wie hältst du es aus, nicht zu wissen, was in der Welt vor sich geht«, klagt sie mich an.

»Aber ich weiß es doch«, verteidige ich mich. »Ich höre doch, worüber die Leute reden!«

»Aber so kann man sich doch keine Meinung bilden!«, schreit sie und wirft mit ihrem Buch *Testfall Ukraine* nach mir. Ich reiße blitzschnell meinen spannenden Roman als Ignoranz-Verteidigungs-Schirm hoch und erläutere, dass man sich so sehr wohl eine Meinung bilden könne. Man hört auf das, was alle sagen, distanziert sich leicht kritisch davon und positioniert sich dann ein wenig nach links. Nur einen Schritt, nicht weiter, nicht aus der bequemen Bürgerlichkeit heraus.

Dann hat man die richtige Meinung.

»Ignorant!«, stempelt sie mich ab.

Was nützt mir das vergängliche Wissen um die täglichen Schreckensmeldungen? Warum muss ich den Tag mit der Angst vor Krieg und Gewalttaten beginnen?

Auf mein Buch kann ich mich nicht mehr konzentrieren. Also gebe ich es knirschend zu: »Okay. Wer den Krieg in den Nachrichten hasst und den Frieden zu Hause liebt, muss sich informieren.« In Gedanken setze ich hinzu: Und außerdem kann man dann in Gesellschaft gebildeter Schönheiten zynische, scharfsinnige Bonmots machen. Ich greife nach der Zeitung. Auf der ersten Seite steht es.

»Jetzt sind wieder Flüchtlinge ertrunken!«, rufe ich entsetzt nach einem oberflächlichen Blick auf die Schlagzeile.

»Ja, vierhundert im Mittelmeer«, antwortet Elisabeth und schüttelt den Kopf.

»Nein«, widerspreche ich und überfliege die Meldung auf der ersten Seite. »Zwei. In einem Badesee hier in der Region!« Sie sieht mich entgeistert an.

»Steht hier!«, rufe ich. »Sie konnten nicht schwimmen.« Elisabeth sieht wieder auf ihre Meldung: »Die können nicht schwimmen? Jetzt wird mir einiges klar!«, sagt sie trocken.

Da wurde *mir* einiges klar: Treffender Zynismus gedeiht nur auf schlechten Nachrichten. *HA*

Reformatoren

Wir standen vor der Schlosskirche zu Wittenberg und waren schlecht gelaunt. Jörg deshalb, weil die Schlosskirche nahezu vollständig mit einem Baustellennetz bekleidet war und man außer der berühmten Tür, an der Luther seine Thesen angeschlagen haben soll, nichts sehen konnte. Katharina war schlecht gelaunt, weil Luther schon tot war. Und ich, weil ich in völliger Fehleinschätzung der Verkehrslage in Wittenberg anderthalb Kilometer vor den Stadttoren geparkt hatte und der Himmel sich zu beziehen begann. Außerdem konnte man die Kirche wegen der Renovierung nicht betreten. Wir schwiegen eine Weile enttäuscht.

»Ich kann nicht mal die Thesen lesen!«, beschwerte sich Jörg schließlich und machte Anstalten, über den Bauzaun zu klettern. Ich überlegte, ob ich ihm nachklettern sollte, entschied mich dann aber wegen des einsamen Polizeiwagens auf einem ansonsten komplett leeren Parkplatz rund um die Schlosskirche dagegen und sah mich nach einem Café um. Katharina wiederum betrachtete Jörgs Bemühungen eine Zeit lang ungerührt, bis sie ihm kühl ankündigte: »Wenn du runterfällst, werde ich nicht unter denjenigen sein, die für deine Seele im Fegefeuer beten.«

Jörg lag auf dem Bauzaun. Seine Hose hatte sich im Gitter verfangen.

»Musst du nicht«, gab er heiter zurück, »ich kann die Thesen jetzt lesen, und Luther schreibt in Nummer fünfzehn, dass die Angst alleine das Fegefeuer als Reinigungsort kennzeichnet.«

»Hat er auch was über die Cafésituation in Wittenberg geschrieben?«, erkundigte ich mich mäßig neugierig.

»So weit bin ich noch nicht«, keuchte Jörg, der sich in seinen Befreiungsbemühungen immer weiter im Bauzaun verhedderte, »komm hoch und sieh selber nach.«

Katharina presste die Lippen aufeinander, und das war kein gutes Zeichen für unsere weitere Reise nach Berlin. Hastig ließ Jörg sich aufs Pflaster fallen, wobei hörbar Stoff zerriss.

»Eis!«, befahl er und ging los. Wir folgten ihm, obwohl sein linkes Hosenbein bis zum Knie aufklaffte. Es dauerte trotz der Überschaubarkeit Wittenbergs lange, bis wir dann doch zögernd das Eiscafé am Marktplatz betraten. Wir hatten es nicht gleich als solches erkannt.

Katharinas Laune besserte sich dann aber, als sie ihre Schokolade bekam. Außerdem standen auf dem Marktplatz zwei Statuen von Luther und Melanchthon, was sie sichtlich freute. Ich dagegen rekapitulierte, was ich auf unserer Suche durch die Stadt so gesehen hatte: »Ich glaube«, begann ich versonnen, »dass mit dieser Stadt niemand intim werden möchte. Ich verstehe jetzt, was Luther mit dem Fegefeuer als Ort der Angst meinte.«

»Ich hingegen möchte«, ermahnte mich Jörg ernst, »dass du an der Wiege der deutschen Reformation das Glaubensbekenntnis richtig sagst. So geht es auf keinen Fall los. Es fängt anders an. Glaube ich jedenfalls!«, fügte er überzeugend hinzu. Er ist Schauspieler. Er kann so lügen, dass alle glauben, es sei die Wahrheit.

Katharina seufzte und sah uns beide an. »Warum könnt ihr nicht einfach wie die sein?«, fragte sie uns und deutete auf die beiden Standbilder. Wir sahen uns an, und dann antwortete Jörg:

»Weil wir schon eine Luther in unserer Familie haben, Katharina …« »… von Bora«, ergänzte ich.

Und da lächelte unsere Schwester das erste Mal auf dieser Reise selig. *EA*

Träume

Heute Nacht habe ich geträumt, ich sei einer von diesen Laubbläsern«, erzählte ich meinem Bruder Jörg. »Ich bin die ganze Zeit hin- und hergelaufen und habe mit so einem bescheuerten, laut brummenden Gerät Blätter von der Straße weggeblasen. Die dann zwei Minuten später vom Wind wieder zurück auf die Straße geweht wurden.«

Träume sind merkwürdig. Das Unterbewusstsein beschäftigt sich im Schlaf mit den Dingen, die am Tag passiert sind, ordnet sie, schichtet sie um, verarbeitet sie. Sagt jedenfalls die Schlafforschung. Meine Träume kommen mir manchmal eher vor, als hätte Salvador Dalí sie entworfen, im Team mit George Lucas und Shakespeare. Manchmal enthalten sie Hintergrundmusik und eine Erzählerstimme, die aus dem Off heraus die Handlung kommentiert. Aber der Traum mit dem Laubbläser erzählte weder eine surreale, wilde Geschichte, noch hatte er etwas mit meinem Alltag zu tun.

»In Graz sind Laubbläser wegen der Lärmbelästigung verboten worden«, informierte mich Jörg. Ich nickte grimmig und verbuchte das als Punktsieg für die Vernunft. So ein Laubbläser kann mit 80 bis 100 Dezibel unangenehm laut werden. Und

sinnlos ist er, weil die Blätter ja auch nicht da bleiben, wo man sie hinweht. »Aber warum träume ich von so einem Gerät?«, fragte ich mich. Wir saßen mit Rhabarberschorle und Bier im Stadtparkcafé, und um uns herum war zwar überall Laub, aber das hing grün und üppig an den Zweigen der Bäume.

»Ich habe neulich geträumt, dass wir Premiere hatten, und ganz kurz vor der Aufführung hat man mir gesagt, dass wir das Stück auf Chinesisch spielen«, erzählte Jörg. Okay, das passte zu den Erkenntnissen der Schlafforschung. Ein klassischer Anxiety Dream, in diesem Fall zugeschnitten auf seinen Beruf als Schauspieler. Nicht-repräsentative Unterhaltungen mit Kollegen haben ergeben, dass es auch typische Lehrerträume gibt: Der Träumende läuft eine ganze Stunde lang durchs Schulhaus und sucht seine Klasse, ohne sie zu finden. In der dramatischen Version des

Traumes erwartet er in dieser Stunde auch noch Besuch vom Direktor. Folglich kann ich mir gut vorstellen, dass einer der städtischen Laubbeseitiger träumt, er müsse Berge von Laub wegpusten, damit Angela Merkel bei ihrem Besuch in Fürth nicht auf dem Gehsteig ausrutscht. Das Laubgerät brummt und lärmt, aber je mehr er sich anstrengt, umso schneller werden die Blätter zurück auf die Straße geweht. Nur – was hat das mit mir zu tun?

Ich lehnte mich zurück, trank einen Schluck Rhabarberschorle und überlegte müßig, ob ich noch einen Eiskaffee bestellen sollte. Oder gleich einen Prosecco, um den Beginn der Ferien zu feiern. »Keine Schüler, die im Pausenhof rumschreien«, seufzte ich zufrieden. »Du kannst dir nicht vorstellen, wie laut das manchmal ist. Und dann stehst du im Klassenzimmer und versuchst zum zehnten Mal, ihnen die Rechtschreibung zu vermitteln, aber kaum haben sie das eine verstanden, haben sie vergessen, was sie vorher gelernt haben, und du musst wieder von vorne anfangen und fragst dich, was das Ganze bringt. Manchmal komme ich mir vor wie … wie …« Mir fiel kein Vergleich ein, aber mein Bruder vollendete den Satz für mich: »Wie ein Laubbläser?«

Von der Kastanie über uns fiel ein einzelnes Blatt herunter und landete auf dem Tisch. Ich pustete es weg. Jörg hob sein Bierglas und prostete mir zu. *SA*

Outdoorwahn

Arbeitest du?«, fragte mich Elisabeth misstrauisch und versuchte, mir über die Schulter zu schauen.

»Äh, ja«, antwortete ich und klappte schnell den Laptop zu. In den nächsten Tagen blieb ich vormittags zu Hause und fing den Paketboten schon im Treppenhaus ab. Das gelang aber nur eine Weile.

»Hast du diesen Klappspaten bestellt, diesen Bundeswehrrucksack und die Signalraketen?«, fragte mich Elisabeth verwundert.

»Es wird Winter! Die Wirtschaft bricht zusammen! Wir haben eine Flüchtlingskrise!«, verteidigte ich mich.

Nachdem Elisabeth auch noch mein geheimes Konservenlager in der Küche gefunden hatte, war der Tag gelaufen. Warum versteht mich keiner? Hat nicht jeder seine kleinen Lebenslügen, die ihm helfen, den Druck der Wegwerfgesellschaft und die Sensationsmeldungen der Tagespresse zu ertragen? Ich folge eben ganz klar meiner Paranoia und pflege vom Sofa aus meine romantischen Vorstellungen vom Überleben in der Wildnis.

»Wozu, glaubst du, wurden Streichhölzer erfunden?«, schrie mich mein Bruder Heinrich an, während ich in seinem Garten am Grill hockte und

versuchte, mit Stahl und Feuerstein einen Funken zu erzeugen.

»Wozu brauchst du eine Schreibmaschine? Wenn überall der Strom ausfällt, liest eh keiner mehr Bücher«, rief Elisabeth, als ich ihr verbot, meine alte Triumph Adler zu verkaufen.

»Wozu Chlortabletten? Wenn du Coca-Cola verträgst, kannst du auch das Wasser der Pegnitz trinken!«, spottete meine Schwester Katharina.

Elisabeth hielt fassungslos meine winzige Outdoor-Espressomaschine aus Titan in den Händen und bemerkte kopfschüttelnd: »Ich prophezeie dir, dass du dieses überteuerte Zeug niemals brauchen wirst!«

Aber das stimmte nicht.

Mit dem Klappspaten zum Beispiel habe ich im nächsten Campingurlaub ein Essen entsorgt, das Elisabeth total misslungen ist. »Die Konserve muss schlecht gewesen sein«, wunderte sie sich. Ich wurde davon krank und bekam Durchfall.

»Nimm doch deine Chlortabletten«, schlug sie fröhlich vor, als sie ihren Strandkorb packte.

»Meinst du, ich hab Fieber?«, hielt ich sie angsterfüllt auf.

»Miss es doch – geht das nicht mit dem Druckmesser deiner Espressomaschine?«, lachte sie mich an.

»Lies mir etwas vor!«, bettelte ich elend, sie aber antwortete: »Spiel doch eine DVD auf deiner Schreibmaschine ab!«

Während Elisabeth sieben Tage lang in der Sonne briet, lag ich stinkend auf einer Isomatte vor dem Waschhaus. Aber wenigstens hatte ich ein Buch über essbare Insekten dabei. *HA*

Schwein gehabt

Ich saß mit meinen Geschwistern Katharina und Jörg in luftiger Höhe auf einem Jägerstand am Waldesrand. Rings um uns bewegten sich die bunten Blätter leise in der Abendluft. Aus den Wiesen begann ein feiner Dunst aufzusteigen. Wir schwiegen. Auch der Hund meiner Mutter, den Katharina mit auf den Hochsitz geschleppt hatte, schwieg endlich, nachdem er sich heiser gebellt hatte, was mir allmählich auf die Nerven gegangen war. Nach einer ganzen Weile wies Jörg nach Westen und trompetete fröhlich: »Schaut euch diese Farben an! Was für ein unglaublicher Sonnenuntergang! Für so was hat man ja sonst nie Zeit!«

Der Hund versuchte ein heiseres Bellen.

»Halt die Schnauze!«, schnappte Katharina. Jörg spitzte unbeeindruckt die Lippen und pfiff ein bisschen.

»Wen genau meinst du?«, erkundigte ich mich freundlich und schlug den Kragen meines Jacketts hoch. Der Nachmittag war sonnig gewesen, aber jetzt wurde es empfindlich kühl. Ich hätte mich auch gerne ein bisschen bewegt, um wieder warm zu werden. »Euch alle drei«, knurrte Katharina, schrie dann aber auf und hielt sich an der Leine fest, als der Hochstand schwankte. Rings um uns schauerten Blätter hinunter, die in den letzten schrägen Sonnenbalken golden aufleuchteten. »Mir wird kalt«, bemerkte ich. »Ich finde es sehr romantisch«, meinte Jörg. »Man hat das ja nicht oft. Andere würden was weiß ich für solche Naturerlebnisse geben.« Weder Katharina noch ich würdigten diesen sentimentalen Schwachsinn einer Antwort. Die Sonne war jetzt endgültig untergegangen, und mir wurde immer kälter. »Wir opfern den Hund«, schlug ich vor. »Nein!«, schleuderte Katharina mir in kaltem Zorn entgegen, »erstens würde Mama dich umbringen und zweitens ist das alles deine Schuld!«

Ich fiel vor Überraschung und Empörung beinahe vom Hochsitz. »Was?«, schrie ich, »was?

Habe *ich* den Hund frei durch den Wald laufen lassen? Wo doch jeder weiß, dass der Hund zu dumm ist, um ein Wildschwein von einem Hasen unterscheiden zu können?«

Katharina funkelte mich an. Sie kann das sehr gut. Ich weiß von meinem Sohn, dass sie manchmal allein mit ihrem Blick Unterstufenschüler zum Weinen bringt. »Du, lieber Heinrich, hast uns doch erst in diesen großartigen, vollkommen funkfreien Forst geführt, in dem niemand Handyempfang hat!«

Jörg unterbrach mich, bevor ich genug Luft für eine wütende, glasklar logische und schneidende Replik geholt hatte. »Äh … Wir drei sind Vegetarier. Vielleicht hilft es, wenn wir das dem Schwein irgendwie mitteilen.«

Wir sahen alle drei nach unten. Das Wildschwein mit den kapitalen Hauern, das vom Hund unserer Mutter mit einem Hasen verwechselt worden war und vor dem wir uns und den dummen Hund auf den Hochsitz gerettet hatten, grunzte wild und böse und rieb sich erneut an der Leiter des Hochsitzes. Entsetzt hielten wir uns aneinander fest.

»Der Hund ist schuld. Wir opfern ihn!«, wiederholte ich verstockt und mit klappernden Zähnen.

»Einer von euch Jungs steigt runter und lockt es weg«, schlug Katharina mit glitzernder Bosheit in den Augen vor.

»Wir werfen das Schwein mit trockenen Ästen tot«, lachte Jörg bitter.

Erst als gegen Mitternacht dic Scheinwerfer eines heranrollenden SUV das einsetzende Schneegestöber durchdrangen, schreckte das Wildschwein hoch und brach in wilder Flucht durchs Unterholz. Der Wagen stoppte, ein Jäger stieg aus und bemerkte uns auf seinem Sitz. Es brauchte ein, zwei Sekunden, bevor er die Situation erfasst hatte, aber dann grinste er breit, als er sagte: »Ganz schön scheiße, am Ende der Nahrungskette zu stehen, was?«

Aber dann fuhr er uns alle heim und das war ein Glück, denn sonst hätten wir drei Geschwister sehr lange nicht mehr miteinander gesprochen. *EA*

Rosenkrawallier

Als ich klein war, nahm meine Mutter mich und meinen Bruder Jörg regelmäßig mit nach Nürnberg in die Oper. Wir trugen unsere besten Kleider und versuchten, uns einen Reim auf die Musik und die Handlung zu machen. Warum haben Meerjungfrauen keine Seele? Ist die Königin der Nacht wirklich böse? Und was passiert, wenn man alle Freikugeln bis auf die letzte verschossen hat? Die im Rückblick amüsanteste Episode dieser Zeit war der Abend, an dem wir den *Rosenkavalier* sahen. Jörg schlief in seinem Sitz ein, bevor die Ouvertüre vorbei war, und ich wunderte mich, warum das versprochene heitere Singspiel so schwere Musik bot und dreieinhalb Stunden dauerte. Meine Mutter muss Richard

Strauss wohl mit dem Wiener Operettenkomponisten Johann Strauß verwechselt haben.

Vor Kurzem ist mir selber ein kurioser Fehler in Sachen Oper unterlaufen. Ich nahm meine neunjährige Nichte mit zu einer Aufführung von Smetanas *Verkaufter Braut*. Ich muss sie mit einem anderen Kind verwechselt haben. So einem, wie ich es früher gewesen bin.

»Warum hat die Frau lila Haare?« Ich lächelte der alten Dame an der Garderobe entschuldigend zu und zeigte Jana das Parkett und die Ränge und den Orchestergraben. »Der Mann hat ganz dicke Backen!« Der Posaunenspieler prustete in sein Instrument, und ich war froh, dass die Oper noch nicht begonnen hatte. »Die Musik ist komisch!«

»Die Musiker spielen sich ein«, erklärte ich. Einige Opernbesucher lächelten dem entzückenden Kind zu, während ich mich fragte, wie lange ich wohl durchhalten würde.

»Ich kann nichts sehen«, flüsterte Jana, als wir schließlich unsere Plätze in der dritten Reihe eingenommen hatten, und kletterte auf meinen Schoß.

»Sitz still«, mahnte ich, den Mund voller Kinderhaare.

»Die Musik ist immer noch komisch! Wie lange spielen die sich denn noch ein?«, wisperte sie vernehmlich in die Ouvertüre hinein. Mehrere Schultern in der Reihe vor uns zuckten verdächtig. Ich legte warnend den Finger auf die Lippen.

»Igitt!«, zischte sie wenig später, als sich das Liebespaar auf der Bühne küsste.

»Jana, jetzt sei ruhig!« Der Mann vor uns wisperte seiner Frau etwas zu, worin die Worte »unfähige Mütter« vorkamen. »Der ist aber hässlich!«, bemerkte Jana nicht ganz unzutreffend, als er sich umwandte, um uns mit einem giftigen Blick zu bedenken. Leider hatte die Sopranistin uns offensichtlich auch gehört und verfehlte prompt den nächsten hohen Ton. Ich schmiedete Fluchtpläne, um in der Pause unbemerkt das Gebäude zu verlassen, aber alle scheiterten daran, dass ich versprochen hatte, das Kind wieder nach Hause zu bringen. Jana hatte sich inzwischen schicksalsergeben auf ihren eigenen Platz gesetzt und seufzte nur hin und wieder tief. Auf der Bühne beklagte Marie in zitternden Kadenzen den vermeintlichen Verrat ihres Liebsten. Die Dame neben uns tupfte sich gerührt die Augen mit ihrem Taschentuch. Mitten in die zarteste Passage ertönte eine irritierte Kinderstimme: »Die singen ja *die ganze Zeit!*«

»Und, wie war's in der Oper?«, wollte mein Bruder Jörg am nächsten Tag wissen. »Großartig«, erwiderte ich schwach. »Kann ich deinen falschen Bart und die große Sonnenbrille leihen, wenn ich das nächste Mal ins Opernhaus will?«

Er blieb ungerührt, als ich ihm die Details erzählte. »Was willst du? Immerhin hat Jana eine wichtige Erkenntnis über Opern gewonnen.«

»Und mich haben diese zwei Stunden mindestens ein Jahr Lebenszeit gekostet«, klagte ich.

Er grinste. »Sieh's doch mal positiv: Es hätte auch der *Rosenkavalier* sein können.« *SA*

Maskenball

Mein Bruder Heinrich war schwer erkältet, also mussten wir ohne ihn in seinen Geburtstag hineinfeiern. Als wir nachts heimkamen, fragte mich Elisabeth vorsichtig: »Willst du dir nicht die Hände waschen?« Ich dachte an die Türgriffe im *Stereo*, die Klinke in der Toilette und die Haltegriffe im Nightliner, legte Brot und Käse beiseite und ging ins Bad. Dort seifte ich mich gründlich ein und plätscherte extra laut mit dem Wasser, um Elisabeth zu beruhigen. Das klappte, sie schmiegte sich im Bett an mich und löschte das Licht. Dann aber schnäuzte sie sich ausgiebig, verstaute das Taschentuch unter dem Kopfkissen und fragte: »Kriege ich keinen Gute-Nacht-Kuss?«

Am Tag darauf fuhren wir zu Heinrich. Auf der A 73 überholte uns ein Auto, dessen Fahrer und Beifahrer beide einen Mundschutz trugen, wie man sie aus dem Operationssaal kennt.

»Meinst du, das hilft gegen Ansteckung?«, fragte Elisabeth.

»Nee. Das hilft bei 'nem Banküberfall. Sonst nichts«, sagte ich bestimmt.

»Ach ja? Dir hätte so ein Mundschutz heute morgen eine Viertelstunde am Waschbecken erspart«, gab sie zur Antwort.

»Wieso, muss man sich nicht mehr waschen, wenn man so ein albernes Ding trägt?«

»Nein, aber wenn du dich erinnerst, musstest du dir heute fünfzehn Minuten lang die Augen spülen, weil du in den verstopften Pfefferstreuer geblasen hast.«

»Ah ja«, gab ich unwillig zu.

»Stehen Dummheit und Ansteckungsgefahr eigentlich in einem Zusammenhang?«, neckte sie mich.

»Frag doch Heinrich, der hat sich erkältet«, erwiderte ich. Wir legten das Thema ad acta und

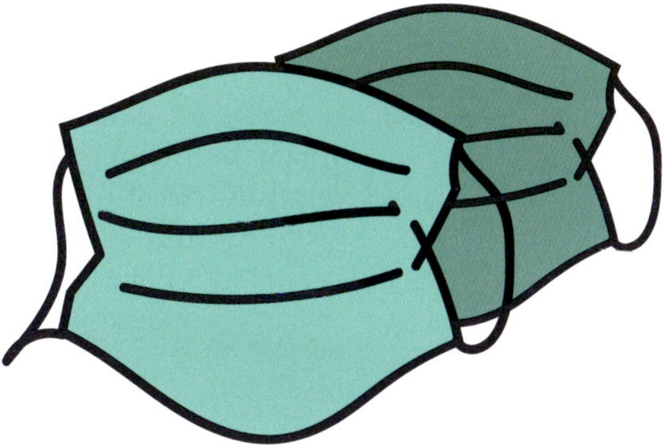

nahmen die Ausfahrt. Ein rotes Apothekenzeichen blinkte in der feuchten, grauen Winterluft.

»Halt da mal an«, drängte mich meine Freundin plötzlich.

»Was brauchst du? Bist du krank?«, fragte ich ungeduldig, aber Elisabeth antwortete nicht.

Zehn Minuten später öffnete uns Heinrich die Tür.

»Alles Gute zum Geburtstag!«, nuschelten wir durch unsere Masken. Mein Bruder erfasste die Situation schnell und meinte nur: »Kommt rein, die anderen sind vom Aperol schon anästhesiert, ihr könnt operieren.«

Mein Vater, meine Schwester Katharina und Heinrich nahmen die Herausforderung an, das Essen wurde ein großer Spaß. Als wir schließlich die Teller zusammenstellten – die Gesichtsmasken mit Kürbissuppe und Mousse au chocolat verschmiert – rief Heinrichs jüngster Sohn vergnügt: »Und jetzt küsst euch!«

Am Abend sagte Heinrich schniefend: »Das war ein schöner Geburtstag. Aber geholfen haben eure Masken nicht.«

Und ich wusste gleich, was er meinte: Wir hatten uns alle angesteckt – mit ausgelassener Heiterkeit. *HA*

Explosive Literatur

Beim Passieren der Sicherheitskontrollen schlugen die Sprengstoffhunde plötzlich scharf an, als sie Jörgs Rucksack berochen, was in einer atemberaubend steilen Spannungskurve zu einer unschönen Szene führte, in der Jörg kurzzeitig mit gefesselten Händen auf dem Boden der Frankfurter Messehalle lag und ich gegen eine gläserne Eingangstür gepresst wurde, bis sich herausstellte, dass es sich bei dem vermeintlichen Sprengsatz, der von zwei schwer gepanzerten Spezialisten mit einer Spezialzange herausgefischt wurde, lediglich um Jörgs vergessene Brotbox handelte, in der seit sechs Wochen ein Stück Kürbis, ein Apfel und ein halbes Fischbrötchen gemeinsam gegoren hatten.

»Wer!«, fragte Jörg schwer atmend und sehr wütend die Wachleute, als er aufstand, sich die Brust abklopfte und den Rucksack vom Tisch riss, »sollte denn auf den schwachsinnigen Gedanken kommen, die Buchmesse in die Luft zu jagen? Sehe ich aus wie Wladimir Putin?«

»Naja«, warf ich ein, ebenfalls noch etwas atemlos, aber nicht so verärgert, weil ich schon oft auf der Buchmesse war und das Gebaren der Wachleute einigermaßen kenne, andererseits aber nicht mit Jörgs Brotbox gerechnet hatte, »im Profil bist du ihm schon ähnlich.«

Der Wachmann vor uns zog sich seine Nitrilhandschuhe aus und nahm den Mundschutz ab, reichte Jörg seine Brotbox aber mit Hilfe der Zange zurück und sagte unwirsch: »Sie haben keine Ahnung, wozu unveröffentlichte Autoren fähig sind! Die sind schlimmer als Tiere. Gehen Sie jetzt rein oder nicht?«

Ich schob Jörg durch, achtete aber darauf, dass ich dabei nicht in Kontakt mit der Brotbox kam. Ich hatte noch ein wichtiges Gespräch mit einer Agentin, und mangelnde Körperhygiene wird im Literaturbusiness erst zum Alleinstellungsmerkmal, wenn man so berühmt ist wie Grass.

Auf der Rolltreppe wehte uns der unverwechselbare Geruch der Buchmesse an: der Duft von zehntausend Tonnen frischem Papier, das Parfumgemisch der Myriaden von Lektorinnen, die alle im blau-grau-schwarzen Kostüm mit Handy am Ohr und Filofax in der Hand durch die Massen zum nächsten Termin drängten, das allgegenwärtige Aroma von Espresso.

Jörg rümpfte die Nase.

»Hier stinkt's«, sagte er missmutig.

»Das ist Literatur«, belehrte ich ihn, »und hier ist die Halle 3.« Ich stieß die Glastür auf.

Jörg blieb erschüttert stehen und versuchte für ein paar Sekunden nur, die Wände, Mauern, Türme und Straßen von Büchern zu begreifen, die sich vor uns auftaten wie ein Labyrinth in der *Unendlichen Geschichte*.

»Vielleicht sollte ich das mit dem Schreiben lassen«, flüsterte er entsetzt, »sieh dir das an. Das ist … das ist Terrorismus mit Literatur. Das kann nie jemand lesen!«

»Lesen ist völlig egal«, antwortete ich altersweise und nahm ihn bei der Hand, »du musst gekauft werden. Dass dich jemand liest, macht dich nicht satt. Schau, auf dem blauen Sofa ist Hitler.«

Jörg sah folgsam auf das riesige Plakat zu unserer Rechten, das schreiend den Star der Verfilmung des neuesten Bestsellers über Hitler ankündigte. Seine Züge verhärteten sich. »Ach so«, sagte er leise, »so geht Literatur also. Okay. Mich«, presste er zwischen den Zähnen hervor, »kriegt ihr nicht klein.«

Und dann stürzten wir uns in das chaotische, laute, nervenzerfetzende, großartige Treiben der Frankfurter Buchmesse. Erst spät am Abend trafen wir uns wieder auf einer der legendären Verlagspartys im *Velvet Club*. »Na?«, schrie ich durch den Lärm, »hörst du jetzt auf zu schreiben?«

Jörg hatte einen Drink in der Hand und grinste. »Ich nicht!«, brüllte er zurück.

Erst als ich frühmorgens in unserem Zimmer den Fernsehapparat anschaltete, sah ich in der vierten Wiederholung, wie Hitler und die Moderatorin durch SEK-Leute vom Blauen Sofa gerettet wurden. Es hatte eine Sprengstoffwarnung gegeben. Und nur in einem winzigen Augenblick konnte man in den verwackelten, hektischen Fernsehbildern unter dem Sofa die Umrisse von Jörgs gelber Brotbox erahnen. Ich persönlich glaube, mein Bruder hat gute Chancen, sich auf dem Buchmarkt durchzusetzen. *EA*

Ironie zur Buchmesse

Es klang wie eine faule Ausrede, als meine Cousine mir schreib, sie könne nun doch nicht mit zur Frankfurter Buchmesse fahren, weil sie sich beide Knöchel verletzt habe und nicht gehen könne. Ich argwöhnte, dass sie stark übertrieb und bloß keine Lust hatte, ihr Sofa zu verlassen. Trotzdem besuchte ich sie mit einer Schachtel Pralinen und ein paar alten Zeitschriften am Nachmittag, bevor ich nach Frankfurt abfuhr.

Sie nahm die Schokolade dankend an, schien aber wenig interessiert an dem Lesematerial. »Ich habe beschlossen, meinen Teil zur Buchmesse vom Sofa aus beizutragen«, erklärte sie mir mit einem bösen Leuchten in den Augen und öffnete ihren Laptop.

»Oh, ist das deine berüchtigte Autoren- und Literaturseite?«, fragte ich. Seit einigen Monaten unterhielt Becky eine Internetseite, auf der sie

Bücher promotete, Lese- und Schreibtipps gab und neuerdings Satire postete. »Man sollte kaum glauben, wie viele Autoren und Möchtegernautoren es gibt, die immer noch nicht wissen, dass Druckkostenzuschussverlage nicht seriös sind«, ereiferte sie sich. »Deshalb habe ich hier Werbung für meinen eigenen unglaublich seriösen Verlag gemacht: *Sad Author Verlag*. Traurige Autoren sind kreativer. Kommen Sie zu uns und lassen Sie Ihr Manuskript von uns prüfen. Wir sind kein Druckkostenzuschussverlag, wir verlangen nur eine Pauschale für das Lektorat Ihres Romans, je nach Länge so zwischen 1.500 und 2.000 Euro. Nur für Horror müssen wir einen Aufpreis von 3 % (ca. 120 Euro) verlangen, weil wir da nachts Angst bekommen.« Ich grinste in mich hinein. »Und, schon Anfragen bekommen?«, wollte ich wissen und las über ihre Schulter mit.

»Ein wirklich seriöser Verlag verlangt niemals eine Gebühr fürs Lektorieren«, lautete der erste Beitrag, der von einem weiteren Leser unterstützt wurde mit den Worten: »Und schon gar nicht willkürlich nur für eine bestimmte Gattung. Das ist ja schon fast diskriminierend!«

Der dritte Kommentar enthielt eine Definition des Begriffs Ironie, immerhin. Das machte mir Hoffnung, bis Becky auf den darauffolgenden Beitrag zeigte: »Ich bin der meinung, das sie überhaupt keine Horror Bücher veröffentlichen sollten. Nicht mal für Geld. Solche bücher zerstören die Welt von jungen Menschen und nicht's kann das wieder gut machen. Sie merken ja schon selbst, das sie Alpträume bekommen, wenn sie solche Sachen leßen.«

»Vielleicht verstauche ich mir auch beide Knöchel«, überlegte ich. »Warum soll ich auf die Buchmesse fahren? Auch Bücher können diese Welt offensichtlich nicht mehr retten. Ich bleibe hier und schreibe Satiren. Darüber, wie gefährlich Lesen ist. Vielleicht wird es ein berühmter Blog, und ich kann mir genug Alkohol leisten, um die Dummheit zu vergessen.« Der Gedanke begann mir Spaß zu machen: »Autorin klagt an: Bücher bergen ungeahnte Gefahren und können die Gesundheit schädigen.«

»Zu spät«, erklärte meine Cousine mit einer Grimasse. »Das hier habe ich gestern bei meinen Recherchen im Netz gefunden.« Ich hatte keine Zeit, ihre Verwendung des Wortes Recherche für den Tatbestand der Prokrastination zu tadeln, weil sie mir den fraglichen Artikel aufgerufen hatte. Es handelte sich nicht um Satire. »Trigger Warnings auf Büchern. US-amerikanische Studenten verlangen Warnhinweise auf Büchern im Rahmen des Literaturstudiums, die rassistische, gewalttätige oder sexistische Inhalte haben und deshalb Leser traumatisieren könnten.«

Wir waren beim zweiten Gin Tonic angelangt und hatten eine Menge richtig guter Satire-Ideen, an die wir uns im Nachhinein leider nicht mehr erinnern konnten, als ich eine Frage stellte, die mich schon den ganzen Nachmittag beschäftigte: »Also, jetzt sag mal die Wahrheit! Wie in aller Welt schafft man es, sich beide Knöchel gleichzeitig zu verstauchen?«

Becky sah verlegen drein. »Also, wenn du es wirklich wissen willst: Ich musste nachts mal aufs Klo und bin im Dunkeln über einen Stapel Bücher gestolpert, der vor dem Bett stand.«

Ich schenkte mir noch etwas Gin ein. Vielleicht waren die amerikanischen Studenten doch nicht so dumm, wie ich gedacht hatte. *SA*

Ländliche Idylle

Warum hältst du deinen Kopf so schief?«, fragte ich meine Freundin Elisabeth, die in seltsamer Haltung im Bett saß und versuchte, in ein Buch zu sehen.

»Ich hab mich beim Yoga verrissen«, ächzte sie.

Vorm Schlafengehen öffnete ich das Fenster, um die trockene Heizungsluft rauszulassen, aber der Verkehrslärm ließ uns keine Ruhe.

»Jetzt reicht's!«, rief ich. »Scheißstadtleben. Morgen fahren wir aufs Land.«

Am nächsten Tag fuhren wir zu Freunden in die Fränkische.

»Kommt schnell in die Stube, da ist es warm«, winkte uns Torsten herein, »aber zieht eure Köpfe ein, die Türen sind niedrig!«

Das machte Elisabeth allerdings nichts aus, denn sie war immer noch verzogen vom Yoga und lief vornübergebeugt. Wir saßen bei Kaffee und Kuchen, als die Idee geboren wurde, die alte Sauna im Garten auf Vordermann zu bringen. Die Frauen guckten skeptisch, aber Torsten und ich heizten ein.

»Die Holzscheite passen nicht in den winzigen Ofen«, merkte Laura an.

»Lassen wir sie eben rausragen!«, antwortete Torsten fröhlich.

»Es wird nicht warm«, stellte Elisabeth nach einer halben Stunde fest.

»Doch, ich kann meinen Atem fast nicht mehr sehen!«, widersprach ich.

Torsten verteilte Handtücher, wir quetschten uns auf die engen Holzbänke und atmeten den beißenden Rauch ein, der aus der offenen Ofenklappe quoll.

»Das ist wie in Finnland!«, röchelte Torsten.

»Die Kleider behalten wir erst mal an, damit es keine Schweißflecken auf dem Holz gibt«, bemerkte Laura sarkastisch, und Elisabeth meinte: »Jetzt ist es hier fast so warm wie in der Küche.«

Die Katze kratzte draußen an der Tür, aber als Laura geöffnet hatte, wollte sie doch nicht rein und stand unentschlossen im Weg herum.

»Sehr gut, da kriegen wir ein bisschen Sauerstoff!«, lachte Torsten und holte demonstrativ Luft, bevor er einen langen Hustenkrampf bekam und fast von der Bank kippte.

»Jetzt ist übrigens nur noch der kalte Sauerstoff von draußen hier drin«, klärte Elisabeth uns auf, ehe sie mit Laura in die Küche ging. Die Katze floh auch.

»Verweichlichte Stadtmenschen«, rief ich ihnen nach. Torsten und ich wickelten uns in unsere Jacken und legten uns hin.

Um vier Uhr früh weckte uns ein penetrantes Rascheln. »Was ist das für ein infernalischer Lärm?«, fragte ich.

»Der Waschbär«, murmelte Torsten. Wir beendeten den Saunagang und stolperten steifgefroren zum Haus. Die Tür war verschlossen, also gingen wir hintenrum und klopften ans Küchenfenster. Aber Laura und Elisabeth schliefen. Sie lagen nackt auf den Bänken. Der Ofen glühte, ihre Haut glänzte vor Schweiß. Die Katze hockte innen am Fenster und guckte uns ungerührt an.

»Setzen wir uns ins Auto und drehen die Heizung hoch«, schlug Torsten vor.

»Ich kann nicht sitzen«, sagte ich bitter. »Ich glaub, ich habe mich verrissen.« HA

Sprunghafte Künstler

Ich befand mich in siebeneinhalb Meter Höhe. Das hörte sich für mich bisher unbedeutend an, jetzt aber machte ich mir klar, dass ich im dritten Stock stand. Nur ohne schützende Mauern um mich herum, sondern mit sehr viel freier, wenn auch chlorgesättigter Luft. Das war der Augenblick, in dem mir endgültig klar wurde, dass ich einen Fehler gemacht hatte. Der Fehler war meiner Eitelkeit zu verdanken. Für Katholiken ist

Eitelkeit eine Todsünde, aber ich bin protestantischer Pfarrerssohn und hatte mich deshalb bisher immer darüber lustig gemacht. Gott schien sich jetzt dafür rächen zu wollen, sonst hätte er mich nicht aufs oberste Brett des Sprungturms im Südbad gestellt.

»Es ist für einen guten Zweck«, hatte Jupp gesagt, den ich bis dahin für einen weitgehend ungefährlichen Menschen gehalten hatte. »Wir brauchen ein paar D-Promis für eine Benefizaktion im Schwimmbad. Es ist für arme Kinder. Yogo macht auch mit.« Ich hatte wie immer das D einfach überhört, fühlte mich immens geschmeichelt, versuchte, auch an die armen Kinder zu denken, und sagte zu. Das war im Februar gewesen. Gottes Mühlen mahlen langsam, mahlen aber furchtbar fein: Jetzt war August, ich stand auf dem Siebeneinhalbmeterbrett und verfluchte Jupp, der mir nicht gesagt hatte, dass es sich bei der Benefizaktion für arme Kinder um den publikumswirksamen Massenselbstmord von D-Promis handelte. Von dummen D-Promis.

»Rückwärtssalto«, hatte Jupp erklärt, als ich vor einer Woche zum ersten Training gekommen war, »ist der einfachste von allen. Probier's mal vom Einser.« Einser ist Parterre, hatte ich gedacht und war gesprungen. Die Schmerzen beim Aufprall waren überraschend heftig gewesen, aber ich übte stolz so lange, bis ich mich an die Schmerzen gewöhnte. »Du solltest es auch mal vom Dreier probieren«, sagte Jupp vorsichtig, »am Sonntag musst du vom Siebeneinhalber springen.«

Ich winkte stöhnend ab und vertröstete ihn aufs nächste Training. Es war ja noch eine Woche hin. Jupp sah mir zweifelnd nach. Zu Recht. Irgendwie vergaß ich die nächsten Trainingstage, und jetzt war ich hier. Einser ist Parterre. Siebeneinhalber ist dritter Stock. Aus dem Parterre fallen tut weh. Vom dritten Stock stürzen ist der sichere Tod. Unten am Beckenrand standen dicht gedrängt meine Freunde und Verwandten, die ich in gottloser Überheblichkeit eingeladen hatte. Sie jubelten und winkten mir zu und sahen vor allem sehr klein aus, aber ich konnte trotzdem sehen, dass meine Schwester sich flüchtig bekreuzigte, als sie zu mir hochsah. Jörg grinste nur. Meine Mutter erklärte völlig fremden Menschen, dass ich ihr Sohn sei. Und ein Stockwerk unter mir, auf dem Fünfer, trommelte Yogo aufs Geländer. Es hörte sich an wie eine Schlagzeugversion von *Spiel mir das Lied vom Tod*. Dann sprang er. Einfach so. Applaus brandete auf und ebbte ab. Alles sah jetzt zu mir hoch. Schweigen. Ich trat in Panik einen Schritt zurück. Da schallte das erste »Buh!« durchs Schwimmbad, und in mir kochte heiß die Eitelkeit hoch. Buh! Mich buhte keiner aus! Aber es hallte noch einmal: »Buh!«, ich wurde wild, trat vor, breitete die Arme aus und sprang. Als ich nach einem unfassbar harten Aufprall und unendlichen Sekunden unter Wasser wild strampelnd

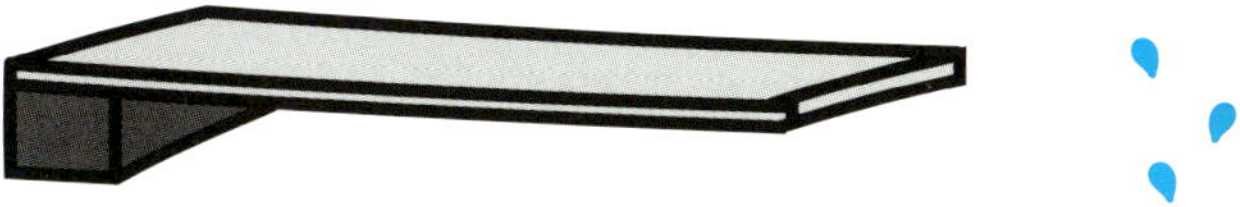

hochkam, streckte sich mir die helfende Hand meiner Schwester entgegen. Ich nahm sie, aber als ich fast aus dem Becken war, beugte sie sich vor und flüsterte mir durch den donnernden Applaus zu: »Buh! Wie einfach du doch gestrickt bist, Bruder. Sag Danke!« Ich spuckte wütend Wasser und Galle, aber Katharina lächelte nur unschuldig.

»Netter Salto«, sagte sie knapp, »und jetzt verbeuge dich endlich.«

Meine Eitelkeit oder meine Schwester – ich fürchte, eine von beiden wird mich schließlich umbringen. *EA*

Himmlische Ruhe

Whsmmmhem denn sss uermpfff ich hmgs«, murmelte die Schülerin in der gleichen Lautstärke, mit der sich ein Segel bei Flaute bewegt. Ich bin grundsätzlich relativ tolerant, was Schülerantworten angeht, entschied aber trotzdem, dass es sich hier nicht um einen sachdienlichen Beitrag auf die Frage nach bildlicher Sprache in Gottfried Benns Gedicht handelte. Warum sprechen Schüler, die sonst ohrenbetäubend über den Pausenhof brüllen und es selbst im unerlaubten Gespräch mit ihren Banknachbarn nicht schaffen zu flüstern, plötzlich ganz, ganz leise, wenn sie im Unterricht Fragen beantworten sollen? Wollen sie vielleicht nicht riskieren, das Ungeheuer in ihren Köpfen, ihr Gehirn, aufzuwecken?

Als ich am Nachmittag das große Klassenzimmer betrat, in dem ich mit meiner Theatergruppe probte, war es ungewöhnlich still im Schulgebäude. Der vierte Stock lag völlig verlassen da, nur die neunzehn Schüler aus der Unter- und Mittelstufe, mit denen ich für die Schulaufführung probte, warteten bereits auf mich. Und ich kam zu dem Schluss, dass das Problem mit der Lautstärke viel grundsätzlicher war, als ich gedacht hatte.

Stirn an Stirn, die Arme wütend verschränkt, standen die beiden Hauptdarsteller sich gegenüber und funkelten einander böse an. Einen Moment lang war ich sehr stolz auf ihre darstellerischen Fähigkeiten. Dann öffnete Lukas den Mund. »Verdammt, was hast du getan?«, flüsterte er.

Ich holte tief Luft. »Also gut, Leute, jetzt hört mal zu! Ihr seid *zu leise*! Ab jetzt will ich eure Bühnenstimmen hören. Lukas, du bist richtig wütend, also … SCHREI SIE AN! Und nachher, wenn du auf den vermeintlichen Dieb los-

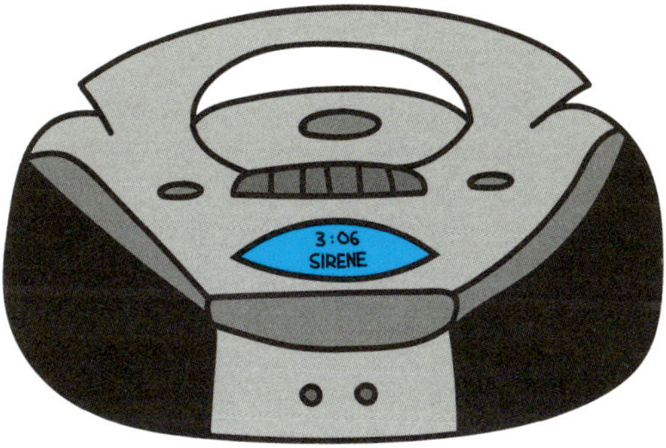

gehst, packst du ihn an der Schulter – so – und schüttelst ihn …« Das ist das Schöne am Theater. Unter welchen Bedingungen kann man als Lehrkraft sonst seine Schüler anbrüllen, in Ohnmacht fallen, wenn man für einen fehlenden Spieler einspringt, oder, wie gerade eben, eine Sechstklässlerin am Kragen packen und bedrohen? Ich genoss den Moment so lange, bis ich merkte, dass mich alle verwundert anstarrten, und Lukas erklärte: »Eh … Sie würgen übrigens gerade die Falsche.« Aber die Probe nahm ab diesem Augenblick definitiv Fahrt auf, und als der hochdramatische Moment nahte, in dem das Gemälde der *Mona Lisa* gestohlen wird, waren alle Schüler sichtlich bereit, ihre Bühnenstimmen einzusetzen. Aber zuvor nickte ich Teo am CD-Player zu, der sich während der Proben um die Technik kümmerte. Es war mir am Vorabend endlich gelungen, die

Aufnahme einer Alarmsirene im Internet zu finden, und ich war sehr gespannt darauf, wie sie sich machen würde.

»Aaaaa-iiii-aaaaa-iiiii!«, gellte es durch den Raum – Teo hatte den Lautstärkeregler bis zum Anschlag aufgedreht. Und dann wurde die nachmittägliche Stille plötzlich durch lautes Türenschlagen, Stimmen und Fußtritte unterbrochen. Offensichtlich waren die Zimmer im vierten Stock doch nicht leer gewesen. Im Gang lief ich einem Englischkollegen in die Arme, der mehrere ältere Schüler anbrüllte, die wild in der Gegend herumliefen. »MOMENT!«, schrie er, und dann sah er mich. »Scheiß Feueralarm«, murmelte er. »Und gerade heute, jetzt läuft doch gerade …«

Und da fiel es mir wieder ein, und ich verstand, weshalb es im Gang so ungewohnt leise gewesen war. »… mündliche Prüfung in Englisch«, vollendete ich seinen Satz mit schwacher Stimme. Er sah mich an und schien mich erst jetzt wirklich zu bemerken. »Und was machst du hier oben?«, fragte er. Es war ein Glück für mich, dass er nicht auf eine Antwort wartete. Drei Englischlehrer hielten die Prüflinge auf, die weniger beängstigt über die Gefahr eines Feuer schienen als aufgeregt über die Unterbrechung ihrer mündlichen Schulaufgabe. »Vielleicht verbrennen alle ihre Unterlagen«, raunte ein Mädchen seiner Freundin zu, während das Sirenengeheul abrupt verstummte. »Hab ich doch geahnt!«, schimpfte mein Kollege. »Falscher

Alarm. Los, alle wieder in die Prüfungsräume.« Ich stahl mich unauffällig zurück in unseren Probenraum, ehe mir irgendwer peinliche Fragen stellen konnte. Achtzehn Schüler blickten mich aus großen Augen an. Teo stand am CD-Player und versuchte, unsichtbar auszusehen.

»Verdammt, was hast du getan?«, flüsterte ich ihn an, und dann ließ ich die Sache mit der Bühnenstimme für heute gut sein, stattdessen übten wir, ganz, ganz leise zu lachen. *SA*

Materie

Die Welt hat ihr Montagsgesicht aufgesetzt und gibt sich keinerlei Mühe, irgendwem zu gefallen. Auf den Straßen ist Krieg. Ich möchte nicht wissen, was los wäre, wenn Autofahrer Worte hupen könnten.

»Können nicht alle tot sein?«, murmle ich, springe aus meinem alten Fiat und hechte die Treppen hinauf. An solchen Tagen kann es eine Ewigkeit dauern, bis man den Schlüssel im Schloss hat. Gibt es eigentlich so eine Art Verschwörung der Materie? Ich muss an meinen Vater denken. Wie er am Esstisch sitzt, jede Furche in seinem Gesicht erzählt eine eigene Geschichte. Er ist in einer anderen Welt. Bis er plötzlich aufsieht, mich mit seinen wasserblauen Augen anleuchtet und erklärt: »Die Schwingungen … das, was wir aussenden … die Dinge nehmen es auf. Sie dienen uns, indem sie uns spiegeln.«

Immerhin, das wäre eine Erklärung für das störrische Schlüsselloch. Aber es ist wie verhext! Egal, was ich versuche – Lesen, Kerzen anmachen, Freunde anrufen –, die schlechte Laune bleibt.

Also raus in die Kneipe. Ein Bier trinken, um den Frust wegzuspülen.

Mir gegenüber sitzt ein Mädchen, das schon die ganze Zeit allein ist. Wenn sie hübscher wäre, würde ich sie ansprechen. Was macht die da eigentlich? Nach dem dritten Bier starre ich ungeniert rüber. Sie reißt Bierfilze in kleine Stücke und ordnet sie zu undurchschaubaren Puzzles. Ganz versunken in diese sinnlose Aufgabe hat sie die letzte halbe Stunde nicht einmal aufgesehen. Und ich habe meine Blicke an ihre Fingerspitzen getackert und folge ihnen. Kreise, Quadrate, eine eigene Welt. Versunken. Da habe ich sie angesprochen.

Sie sieht mich mit fragenden Augen an. Ich setze mich. Sie behandelt mich nicht wie einen Typen, der eben ein Mädchen angemacht hat. Eher wie – einen Gast. Einen Gast in ihrer Bierfilzfetzenwelt.

»Kannst du mir ein Muster legen?«, frage ich sie plötzlich. Sie tut es. Legt mir eines, das ich nicht verstehe, aber ihre Finger scheinen keinen Augenblick lang zu zögern. Ich denke nicht mehr an den vergangenen Tag. Wünsche mir auch so eine eigene Welt und begreife, dass ihre Hände mir den Weg dorthin erklären, der Tisch ist eine Landkarte, ihre Finger fahren Straßen entlang.

»Sag mal«, frage ich später – ich bin nun schon richtig betrunken, »hast du Lust, an meinen Schwingungen rumzumachen?« Sie sieht mich verunsichert an, eine Spur Vorsicht ist in ihren Augenwinkeln.

Später gehen wir zu mir. Ihr Tritt auf der Treppe ist so leise, als gäbe es sie gar nicht. Ich schließe auf. Der Schlüssel fährt wie von selbst ins Schloss. Eine Weile reden wir miteinander. Als sie geht, sehe ich ihr durchs Fenster nach, bis die dunkle Straße wieder leer ist. Die Welt sieht auf einmal ganz anders aus. *HA*

Volkswirtschaftsweise

Ich saß auf der kühlen Terrasse eines Cafés in der Vormittagssonne, las Zeitung und trank Kaffee. Davon abgesehen, dass ich keine schwarzen Gauloises rauche, bot ich ein ziemlich überzeugendes Bild eines Bohemiens. Die Zeitungslektüre allerdings machte mich ein wenig traurig, denn was ich las, deutete darauf hin, dass es in Deutschland mit dem Bohemeleben ziemlich bald vorbei sein könnte. Die Schwarzarbeit etwa, so las ich erschüttert, kostete Deutschland in diesem Jahr etwa 370

Milliarden Euro. Ich versuchte, mir diese Summe vorzustellen, indem ich sie in Cappuccini umrechnete, aber bei etwa drei Euro pro Tasse waren das dann immer noch etwa 123 Milliarden Cappuccini, und so viel Koffein kann kein Bohemien der Welt zu sich nehmen, ohne wahnsinnig zu werden. Ich las weiter, um mich zu beruhigen, aber es gelang nicht. Ein österreichischer Wirtschaftswissenschaftler hatte herausgefunden, dass die Korruption die deutsche Volkswirtschaft jährlich 250 Milliarden kostet. Ich ließ die Zeitung sinken und nahm einen Schluck. Ich bin Schriftsteller. Eine Profession, in der Bestechung selten vorkommt. Berufliches Vorankommen beruht hier oft entweder auf Aussehen, auf sexuellen Gefälligkeiten oder dass man irgendwas mit Hitler macht. Bestochen wird woanders. Ich wollte weiter darüber nachdenken, aber die Bedienung kam an meinen Tisch und stellte mir einen zweiten Cappuccino hin.

»Danke!«, deutete ich etwas überrascht auf meine halbvolle Tasse, »aber ich habe keinen bestellt.« Die Bedienung verschränkte die Arme. »Schauen Sie keine Nachrichten?«, fragte sie streng. »Das Deutsche Krebszentrum sagt, dass Raucher einen jährlichen Schaden von 80 Milliarden anrichten. Das sind zwei Komma acht Prozent des Bruttoinlandprodukts.« Ich bin sehr lange verheiratet gewesen, deswegen versuchte ich zunächst, den logischen Fehler bei mir zu suchen, gab aber nach kurzer Zeit auf. »Ich rauche nicht. Weshalb stellen Sie mir dann trotzdem einen Kaffee hin, den ich nicht bestellt habe?« Die Bedienung seufzte so, wie wenn man seine Hörnchen mit einem Fünfzigeuroschein bezahlen will. »Ihr trinkt nur 148 Liter Kaffee im Jahr, das gleicht den Schaden nicht aus. Zehntausend Arbeitsplätze hängen da dran. Wir sind ein mittelständisches fränkisches Unternehmen. Wir übernehmen Verantwortung für das deutsche Bruttoinlandsprodukt. Wir schon!«, betonte sie noch einmal. »Wollen Sie jetzt den Kaffee oder nicht?« Ich nickte überwältigt, aber später, während ich abwechselnd von zwei lauwarmen Cappuccini nippte, rief ich meine Schwester Katharina an. »Ich habe alles zusammengerechnet«, sagte ich ohne Begrüßung, »und was immer ich tue, ob ich Grippe habe oder eine Haushaltshilfe beschäftige, Sex habe oder rauche, ich richte an der deutschen Volkswirtschaft insgesamt einen Schaden von drei Komma acht Billionen Euro an, und Deutschland wird untergehen. Katharina«, fragte ich verzweifelt, »wo kommen diese Zahlen her?« Sie antwortete wie aus der Pistole geschossen: »Es ist Religion. Wie damals in Delphi. Die Wissenschaftspriester atmen halluzinogene Dämpfe ein und prophezeien dann das Weltende. Solche Leute finden es toll, total bekifft Katastrophenszenarien zu entwerfen und zuzusehen, wie alle anderen anfangen zu rennen.

Willst du auch wissen, wie das Universum entstanden ist?« Ich wollte bejahen, aber da stolperte die Bedienung, und mein dritter Cappuccino zerschellte auf dem Gehsteig. Eine Sekunde starrten wir uns an und rechneten entsetzt, aber dann half ich ihr auf, und sie kickte die Scherben in den Rinnstein. »Der geht auf Deutschland«, sagte sie leicht, »noch ein Hörnchen?« Ich nickte. »Aber ich hab nur fünfzig Euro.« Die Bedienung lächelte das erste Mal an diesem Tag. »Das kriegen wir schon«, sagte sie. *EA*

Friede auf Erden

Sie kamen, als der Schulgong ertönte und meine Schüler hastig ihre Sachen einpackten, um in die Freiheit zu entfliehen: allen voran ein Hüne in Lederjacke, der aus der imposanten Höhe von zwei Metern auf mich herabsah und verkündete: »Ihre Lehrbefugnis ist abgelaufen. Wir müssen Sie dann wohl mitnehmen.«

»Ja, tut mir leid, Kinder«, fügte der Mann mit Hut trocken hinzu und trat vor. »Die Frau ist eine Betrügerin. Wir sind schon seit Jahren hinter ihr her.«

»Ich wusste, dass das irgendwann passieren würde«, murmelte ich schicksalsergeben und schulterte meine

Tasche. Die fünf Eindringlinge eskortierten mich hinaus, während meine Schüler mir mit großen Augen hinterherschauten.

Ich wartete, bis wir im Treppenhaus waren, ehe ich meine Entführer der Reihe nach kopfschüttelnd ansah: Heinrich, der elegant eine Braue hochzog, Jörg mit dem Kurzhaarschnitt, den er für seine letzte Bühnenrolle gebraucht hatte, mein Neffe Theo, der immer noch auf mich herabsah, jetzt allerdings mit einem gönnerhaften Lächeln, und Philly und Otto, die mich fröhlich anstrahlten.

»Was genau war das denn für eine Aktion?«, erkundigte ich mich.

»Es ist Advent«, erklärte Jörg. »Zeit für die Familie. Wir gehen jetzt zum Christkindlesmarkt.«

Fürth gehört nicht zu den vielen Städten, die sich mit dem »schönsten Weihnachtsmarkt Deutschlands« brüsten. Die Stadt ist bescheiden, ebenso wie ihr Weihnachtsmarkt. Der Geruch von Mandeln, Alkohol und Würstchen schlug uns gemeinsam mit einer Wolke aus Lautsprechermusik entgegen. Ich verzog das Gesicht. *The little drummer boy* gehört meiner Meinung nach in die Kategorie »Weihnachtslieder, die die Welt nicht braucht«. Die Liste ist ziemlich lang. »Mal ganz abgesehen davon, dass es nicht Weihnachten ist«, ereiferte ich mich. »Gebt mir *Macht hoch die Tür*! Wünscht mir nicht ›a merry little christmas‹, und schon gar nicht in der ersten Adventswoche!«

Heinrich zog wieder die Augenbrauen hoch und fragte sanft: »Was meinst du, warum wir hier sind, Schwester?«

Was Theo mit den Lautsprechern machte, sollte ich nie herausfinden; vielleicht lernt man so etwas beim Bund. Auf jeden Fall wurde es zwischen Glühweinstand und dem Tiergehege mit Ochs und Esel auf einmal sehr still. Zumindest, bis wir anfingen, aus vollem Halse *Tochter Zion, freue dich* zu schmettern. Jörg und ich haben gute Singstimmen, und Theo … steuerte die Stimmgewalt bei, die uns fehlte. Die anderen Weihnachtsmarktbesucher standen verunsichert um uns herum und schienen sich zu fragen, ob wir zum Programm gehörten oder nicht. Heinrich, der sich unter die Zuhörenden gemischt hatte, hat auch eine gute Stimme, die er jetzt dazu nutzte, auf uns zu deuten und laut zu rufen: »Das sind Weihnachtsfundamentalisten! Sie wollen alle nichtchristlichen Weihnachtslieder auf den Index setzen und verbieten! So tut doch was!«

Ich musste mir das Lachen verbieten, um weitersingen zu können. Streng genommen lässt sich darüber streiten, ob *Tochter Zion* eher ein Advents- oder ein Weihnachtslied ist, aber in diesem Fall passte es perfekt. »Sieh, dein König kommt zu dir«, schmetterten wir, gerade, als Otto auf dem Esel angeritten kam, den er aus dem Gehege befreit hatte; genau wie der Messias, nur dass damals in Jerusalem Philly nicht anwesend war, um Handyfotos zu schießen. Langsam erwachten die Umstehenden aus ihrer Erstarrung und begannen, wild durcheinanderzureden. Heinrich gab uns ein Zeichen, und wir schlüpften unauffällig zwischen zwei Buden hindurch. »Unser Werk hier ist vollbracht«, verkündete er.

Irgendwo im Himmel oder in meinem Kopf stimmten die himmlischen Heerscharen das »Jauchzet, frohlocket« aus dem Weihnachtsoratorium an – ebenfalls etwas verfrüht, aber ich hätte mich nie getraut, ihnen das zu sagen.

»Waren das Schauspieler gestern?«, fragten mich die Achtklässler am nächsten Tag, als ich dann doch wieder im Unterricht auftauchte. Ich überlegte kurz, dachte an unseren improvisierten Weihnachts… – pardon: Adventschor – und an Otto, der auf Jesajas jungem Esel ritt. »Könnte man so sagen, ja.« *SA*

Autor mit fünf Buchstaben

Kreuzworträtsel mit Katharina machen meistens keinen Spaß, weil ich nicht so schnell schreiben kann, wie sie löst. Also verzog ich mich weit weg von ihr in meinen Schaukelstuhl. Katharina saß auf dem Sofa. Immer wieder senkte sie unwillkürlich ihr Buch und blickte angestrengt zu mir herüber. Sie versuchte, die Spiegelung des Rätsels hinter mir in der Fensterscheibe zu erkennen. Meine Schwester hielt es einfach nicht aus, mich nicht an ihrem Wissen teilhaben zu lassen. Aber das geschah ihr nur recht. Dieses Mal hatte ich das Rätsel ganz für mich allein. Deswegen waren auch noch alle Felder leer. Fünf Minuten lang starrte ich krampfhaft auf die Zeitung, Katharina zwang ihren Blick ebenso angespannt in *Stolz und Vorurteil*, dann hielten wir es beide nicht mehr aus.

»Sag schon«, bettelte sie, »nur eins.« Am Anfang gönnte ich ihr nur Sport und Geografie. Sie blieb mir zwar keine einzige Antwort schuldig, aber ich wusste, dass ihr diese Kategorien keinen Spaß machten.

»Na gut«, fragte ich großzügig, »Fürther Autor mit fünf Buchstaben?« Wir sahen uns verdutzt an.

»Kellermann?«, schlug ich vor.

»Wassermann?«, zog Katharina nach. Aber beides passte nicht, auch wenn ich ganz klein schrieb.

»Oh Gott!«, rief Katharina aus, »die meinen doch nicht …«

»Die meinen doch nicht etwa Heinrich!«, vervollständigte ich den Satz. Fünf Buchstaben – es passte!

»Was bedeutet es, wenn Heinrich in einem Kreuzworträtsel vorkommt?«, fragte ich spöttisch, »ist er dann – tot? Ist er gestorben und hat uns nichts gesagt?«

»Für gewöhnlich«, meinte Katharina trocken, »veröffentlichen sie in dem Fall eine Todesanzeige.«

»Aber«, wandte ich ein, »vielleicht ist es, weil unser Bruder kein richtiger Schriftsteller, ich meine, keiner wie Kellermann oder Wassermann oder so … Vielleicht sollten wir es unseren Eltern sagen?«

»Was sollen wir den Eltern sagen?«, fragte Heinrich, der eben zur Tür hereingekommen war.

»Ach nichts!«, beeilte ich mich zu antworten, »aber was anderes: Kennst du einen Fürther Autor mit fünf Buchstaben?«

»Fürther Autor? Mit fünf Buchstaben?«, überlegte Heinrich kurz. »Es gibt nur Wassermann oder Kellermann«, sagte er dann bestimmt. »Manchmal drucken sie einfach zu wenig Kästchen.« *HA*

Femmes fatales

Meine Schwester Katharina und ich waren im Museum Städel in Frankfurt. Sie aus beruflichen Gründen und ich, weil sie immer zwei Pressekarten bekommt und streng gesagt hatte: »Etwas Kultur tut dir auch mal ganz gut.« Ich hatte sie darauf aufmerksam gemacht, dass ich als der älteste der sechs Geschwister nachweislich auch der Dümmste sei und deshalb, anders als sie als jüngste, keine Kultur mehr brauchte, konnte sie aber nicht überzeugen. »Du bist dumm, aber nicht nachtblind«, gab sie in messerscharfer Logik zurück. »Wenn du nicht mitkommst, muss ich in Frankfurt übernachten.« Ich fragte mich, ob es mir etwas ausmachen sollte, auf meinen Körper reduziert zu werden, verneinte das aber im Stillen, weil sie erstens nur meine Schwester ist und ich zweitens in Frankfurt ein hervorragendes italienisches Restaurant kenne. Deshalb standen wir jetzt im Städel vor dem größten Rembrandt, den ich jemals gesehen hatte. »Das ist der größte Rembrandt, den ich jemals gesehen habe«, sagte ich. Katharina streifte mich mit einem Blick. »Der andere war also kleiner«, meinte sie wenig beeindruckt. Ich wandte mich wieder dem Bild zu. »Es stellen sich zwei Fragen«, sinnierte ich laut, »wieso rennt die Frau mit dem Staubwedel weg und warum hat der Mann einen Dolch im Auge? Hat sie schlecht geputzt und er wird dafür bestraft oder so?«

Die Führerin einer anderen Gruppe unterbrach ihren Vortrag und sah verblüfft zu uns beiden herüber. Katharina zischte mich an: »Das ist die Blendung Simsons, du gottloser Kulturbanause. Und der Staubwisch in Delilas Hand sind seine Haare! Sie hat sie ihm im Bett abgeschnitten, damit er seine Kraft verliert. Hör jetzt auf, mich zu blamieren.«

Während ich das Bild betrachtete, befühlte ich gedankenvoll meine Halbglatze. Vielleicht lag es ja wirklich an den Haaren. Wenn ich Delila so ansah, fühlte ich mich auch schwach. Sie sah sehr gut aus, und ich wäre ebenfalls auf sie hereingefallen. Vielleicht war Simson auch ein ältester Bruder und nicht der Klügste gewesen. Soweit ich mich erinnern konnte, stand in der Bibel nicht sehr viel über seine Familienverhältnisse. Katharina machte sich Notizen und sah hingebungsvoll aus.

»Zumindest auf dem rechten Auge ist er jetzt auch nachtblind«, bemerkte ich, weil ich mich zu langweilen begann und an das italienische Restaurant dachte.

»Vielleicht möchtest du einfach unten warten«, schlug meine Schwester beißend vor. Ihr Ton gab mir das Gefühl, das Hunde haben müssen, wenn sie das Schild: »Wir müssen draußen bleiben« an der Tür der Metzgerei entdecken. »Wenn du mich suchst, ich bin im Café«, antwortete ich fröhlich und ging. Als ich aber auf dem Weg nach unten im ersten Stock einen zufälligen Blick in den Saal warf, blieb ich stehen. Da war Simson noch einmal. Diesmal von Liebermann. Vor allem aber war da auch Delila noch einmal, und sie war nackt. Ich schlenderte zu dem Bild. Die Führerin der Gruppe von oben stand auch davor. Jetzt ohne Gruppe. Schweigend betrachteten wir das Bild, bis sie sich plötzlich zu mir drehte, auf Simson deutete und sagte: »Sehr schlau ist er nicht, aber er sieht gut aus, was?«

Überrascht und erleichtert antwortete ich: »Naja. Wahrscheinlich auch ein ältester Bruder.«

»Was?«, fragte die Führerin verblüfft, und ich fragte mich, woran es lag, dass in diesem Museum alle Frauen gut aussahen.

»Trinken Sie einen Kaffee mit mir«, schlug ich vor, »dann erkläre ich's Ihnen. Und Sie erklären mir den Rembrandt, ja? Damit ich meine Schwester beeindrucken kann.«

Die Führerin lächelte. Als wir ins Café hinuntergingen, wirkte sie für einen Moment so energisch schön wie Delila, fand ich, aber meine Angst hielt sich in Grenzen. Ich habe eine Halbglatze. *EA*

Fußball à la Beethoven

Ich verstehe nicht viel vom Sport – die einzige Sportart, deren Regeln ich halbwegs beherrsche, und auch das nur in der Theorie, ist Quidditch. Musik, Kunst und Literatur sind ein anderes Thema, damit kenne ich mich aus, gut genug jedenfalls, um Kulturrezensionen fürs Feuilleton einer Regionalzeitung zu schreiben. Aber manchmal komme ich doch ins Grübeln. Lese ein Vernissageprogramm und frage mich, warum ausgeleierte Fahrradschläuche ein »offenes Versuchsfeld« sind, »eine Annäherung, ein Sichverorten, ein Offensein für ein Andersmachenwollen«. Ich will nicht, dass meine Rezension sich ebenfalls liest wie ein schlechtes theologisches Pamphlet, und deshalb lasse ich mich in solchen Momenten gerne mal ablenken. Manchmal sogar vom Sport.

William kennt sich aus mit Sport. Und nicht nur mit »dem Sport«, Fußball nämlich, sondern auch noch mit Badminton und Rugby und Hockey und Cricket. »War das nicht shocking gestern? Aus nach zwölf Innings!«, sagt er etwa, und ich nicke, als hätte ich eine Ahnung davon, was das bedeutet.

Ich erzähle ihm im Gegenzug, dass das Orgelstück, das ich Samstag im Konzert gehört habe, so klang, als ob man einen Berg polieren würde, »aber das kann ich so doch unmöglich schreiben.«

Er grinst. »Vielleicht solltest du zu Sportberichterstattung übergehen«, schlägt er vor. Bei Tageslicht betrachtet ist das eine grauenvolle Idee, aber eines Abends, nach ein, zwei Gläsern Gin und Tonic im Pub sehe ich plötzlich ein gewisses Potenzial darin.

»Moderner Fußball«, schreibe ich nach dem nächsten Spiel, das ich mit William und meiner Nachbarin Margarethe angeschaut habe, »ist nicht jedermanns Sache – zu viel technische Brillanz, aber keine echte Tiefe im Ausdruck. Doch bei dem mit Spannung erwarteten Gastspiel von Greuther Fürth auf der Club-Bühne in Nürnberg, das mit einem im Orchestergraben weinenden Mike Büsken endete, hätte man dem Spiel wenigstens die seelenlose Virtuosität gewünscht, die ihm oft zum Vorwurf gemacht wird.

Das Hauptthema – eine verschlungene Variation, die sich durch alle Beine zog – hätte eigentlich faszinieren können, bot es doch eine gewisse tranceartige Intensität. Doch den Spielern der beiden Ensembles gelang es nicht, diese postmodern anmutende Partitur entsprechend darzustellen; anstatt Leere und Sinnverlust der modernen Welt zu zeigen, blieb nur die dröge Wiederholung immer wiederkehrender minimalistischer Phrasen ohne echte Dynamik, die nicht existenzielle Öde bloßlegen, sondern lediglich ergebnislosen Überdruss produzieren konnte.«

Die *NN* sind bislang nicht der Ansicht, dass sich für diese Art der Sportberichterstattung eine große Leserschaft finden wird, aber das macht nichts. Sie wissen noch nicht, dass William meine nächste Konzertrezension verfasst hat.

»In der ersten Halbzeit haben die Geigen das Spiel dominiert«, schreibt er über das Klassik Open Air, »und die Heimfans sind weitgehend still geblieben. In der Pause müssen in der Umkleidekabine die Teetassen geflogen sein, Spielleiter und Trainer Alexander Shelley war offensichtlich echt böse geworden, denn in der zweiten Halbzeit wurden endlich die Posaunen eingewechselt, haben die Zweikämpfe mit den Streichern nicht mehr gemieden und im letzten Drittel klar die Oberhand gewonnen. Die Partie endete trotzdem unentschieden, weil der Hornist bei seiner entscheidenden Aktion im Abseits war, während der Star der Saison, Simone Kermes, dem Gegner kräftig einheizte. Gerüchte gehen um, dass der dritte Geiger, dessen Vertrag in achtzehn Monaten ausläuft, nicht mehr nur die Bank wärmen will. Das Bamberger Symphonieorchester soll zwölf Millionen geboten haben, um sich den Spieler zu sichern. Die Bamberger wollen nächstes Jahr in Europa mitmischen.«

Ich persönlich glaube nicht, dass Klassik keine Zukunft hat. *SA*

Friseur

Du siehst gut aus! Warst du beim Friseur?«, begrüße ich meine Freundin, als sie das Zimmer betritt. Sie fährt sich durchs Haar und antwortet geschmeichelt: »Nein, eigentlich nicht.« Was Elisabeth nicht weiß, ist, dass ich in meinen Kalender ungefähr alle zwei Wochen einen gelben Punkt gemacht habe. Ganz willkürlich. Dieser Punkt soll mich daran erinnern, ihr genau diese Frage zu stellen. Einfach ins Blaue hinein. Es funktioniert viel öfter, als man glaubt.

Elisabeth setzt sich und greift nun ihrerseits zu ihrem Kalender. Auch in ihm sind in regelmäßigen Abständen farbige Punkte, stelle ich verwundert fest. Sie schlägt nach, dann sieht sie mich an: »Solltest du nicht mal wieder zum Friseur? Du siehst langsam wild aus«, gibt sie zu bedenken. Ihr geschäftsmäßiger Ton gefällt mir nicht.

»Ich kann die Wortspiele nicht ertragen, mit denen sie werben«, entschuldige ich mich, suche aber doch den nächsten Spiegel auf.

»Als ich klein war, dachte ich, dass alle Köpfe gleich aussehen und dass die Menschen sich nur durch die Frisuren unterscheiden«, rufe ich Elisabeth zu.

»Das kam wahrscheinlich daher, dass du als Sechsjähriger deine gesamte Freizeit mit Playmobilmännchen verbracht hast!«, antwortet sie.

Vielleicht sollte ich wirklich was mit meinen Haaren machen. Obwohl ich weiß, dass Haarsalons Kommunikationszentralen sind, scheine ich ein Problem zu haben, was die konkrete Verständigung mit meinem Friseur angeht.

»Ond, sind Sie zofrieden?«, schnarrt er nach der Sitzung und zieht blitzschnell den Spiegel einmal um meinen Kopf. Höflich sage ich ja. Wie man das eben so macht, während man sich fragt, wie lange Haare eigentlich zum Nachwachsen brauchen und was an »Vorne lang lassen, ich hab Geheimratsecken!« denn so schwer zu begreifen ist.

Nach dem Zahlen blickt der Friseur mit großen Augen auf die Trinkgeldkasse. In meinem Portemonnaie sind aber nur noch siebzig Cent. Schnell,

damit er es nicht so genau sieht, werfe ich die zwei Münzen hinein.

»Das war der Schlitz von Cindy!«, klärt er mich vorwurfsvoll auf. »Ich bin Devid!«

Ich entschuldige mich und versuche, schnell zur Tür zu gelangen, aber er tritt mir in den Weg.

»Ist nicht so schlimm! Wie viel war es denn, dann nehme ich es mir raus!«, bietet er an. »Zwei Euro«, antworte ich frech. Doch statt mich vorbei zu lassen, öffnet Devid vor mir die Kasse. Cindys Abteil ist leer. Fast. Es enthält genau siebzig Cent. Devid und ich sehen uns an, vielleicht der ehrlichste Moment an diesem Tag. »Da hab ich mich wohl vertan«, murmle ich und schleiche aus dem Laden.

Abends erwartet mich Elisabeth spöttisch an der Tür: »Kamm-Inn«, ruft sie. »Na los, zeig mir mal den Director's Cut von deinem neuen Kopfarbeiter!« Sie betrachtet mich skeptisch. »Du siehst haarsträubend aus! Ich glaub, du brauchst einen neuen Scheren-Schnitt!«, lacht sie.

»Hair Gott, wie creHAIRtiv«, antworte ich sarkastisch.

Das Abendessen nehme ich mit Hut ein. *HA*

Autoren und Illustratorin

Ewald Arenz, geboren 1965 in Nürnberg, wurde für sein literarisches Werk unter anderem mit dem Bayerischen Staatsförderpreis ausgezeichnet. Im *ars vivendi verlag* erschienen bisher seine erfolgreichen Romane *Der Teezauberer* (2002), *Die Erfindung des Gustav Lichtenberg* (2004), *Der Duft von Schokolade* (2007), *Ehrlich & Söhne* (2009), der historische Kriminalroman *Das Diamantenmädchen* (2011), *Don Fernando erbt Amerika* (Neuausgabe 2012), *Ein Lied über der Stadt* (2013) und *Herr Müller, die verrückte Katze und Gott* (2016) sowie mehrere Bände mit humorvollen Kurzgeschichten.

Sigrun Arenz hat die Ehre, die einzige Frau dieses infernalischen Trios zu sein, und verfügt als eines von sieben Geschwistern über genügend Superkräfte, um in ihrer Heimatstadt Fürth am Gymnasium tätig zu sein. Wenn sie nicht gerade korrigiert, backt oder Tee trinkt, schreibt sie unter anderem Regionalkrimis (*Kühl bis ans Herz*, *Das ist mein Blut*, *Nicht vom Brot allein*) für den *ars vivendi verlag* oder Rezensionen für die Zeitung. 2015 wurde sie mit dem Kulturförderpreis der Stadt Fürth ausgezeichnet.

Helwig Arenz, Jahrgang 1981, wuchs in Fürth auf. Sein geisteswissenschaftliches Studium in Erlangen gab er zugunsten eines Schauspielstudiums in Linz auf, das er 2006 abschloss. Engagements an Bühnen, u. a. in Hamburg, Wilhelmshaven, Memmingen und Hof folgten. Seit 2013 arbeitet er als freier Schauspieler und Autor. Im Frühjahr 2013 gewann er mit seinem Kurzkrimi »Tom und Tierchen« den Publikumspreis des Fränkischen Krimipreises. 2014 erschien sein Romandebüt *Der böse Nik* bei *ars vivendi*.

Tuong Vi Lu, geboren 1991, studiert mit großer Leidenschaft Kommunikationsdesign an der Hochschule für angewandte Wissenschaften in Würzburg. Ihre Schwerpunkte sind dabei Konzeption, Illustration und Grafikdesign. Sie spricht Deutsch, Vietnamesisch, Englisch und Französisch. Ihre Hobbys sind Musik, Reisen und Filmen.